世界与自我

耕雲

BE YOURSELF
IN
A WORLD

-中国古代神奇植物图卷-

山海草木

赵涵宇 编著
吕洋 绘

北京联合出版公司
Beijing United Publishing Co.,Ltd.

图书在版编目（CIP）数据

山海草木 ： 中国古代神奇植物图卷 / 赵涵宇编著 ；
吕洋绘． -- 北京 ： 北京联合出版公司， 2020.4
ISBN 978-7-5596-3897-7

Ⅰ． ①山… Ⅱ． ①赵… ②吕… Ⅲ． ①神话一作品集
一中国一古代 Ⅳ． ① I276.5

中国版本图书馆 CIP 数据核字 (2020) 第 009787 号

山海草木：中国古代神奇植物图卷

编　　著：赵涵宇
插　　图：吕　洋
责任编辑：管　文
特约编辑：陈胜伟
装帧设计：苏　玥

北京联合出版公司出版
（北京市西城区德外大街 83 号楼 9 层　100088 ）
北京联合天畅文化传播公司发行
廊坊市祥丰印刷有限公司印刷　新华书店经销
字数 120 千字　710 毫米 ×1000 毫米　1/16　11 印张
2020 年 4 月第 1 版　2020 年 4 月第 1 次印刷
ISBN 978-7-5596-3897-7
定价：88.00 元

目录

花草

树木

目录

果实

花草

荷花一直被认为是圣洁的人品和纯洁的事物的象征，从古至今荷花始终被人们理解为不凡之物。在众多荷花中，最不寻常的应该是生长在仙池的荷花，以观音莲池中的荷花为例。《西游记》在讲悟空、八戒变为供品，智斗通天河鲤鱼精时曾提到过这种荷花，莲花池中的荷花因沾染仙气而带有灵力，可以变幻成各种物品，其变幻的形态因人而异。灵感大王也就是鲤鱼精，其手中的九瓣铜锤便是由此荷花炼化而成。鲤鱼精本生活在莲池之中，因每日听经而练出一些法力，随后将莲池中的荷花折下修炼成法器，下凡在通天河中兴风作浪，使得岸上百姓民不聊生。

另外，在《西游记》中，观音利用自己的莲花宝座，不费吹灰之力将红孩儿制服，也同样展示了观音所养的荷花的不同之处，荷花可随主人心性而变化，成为他们的守护者。

生长在莲花池中的荷花，未开之前花瓣呈闭合状态，透过层叠的透明花瓣可以清晰地看到花朵中心的金色花蕊。荷花的花瓣边缘呈波浪状，盛开之后永不凋落，荷花的雌蕊较为明显，直立于花蕊正中。这种荷花没有叶片，只有少量的卷须将花朵衬托，每长一年，卷须就会增加一根。夜间池中荷花会因发光的花蕊而发出点点亮光，映照着整个莲池，如梦似幻。

因为荷花寓意美好圣洁，因此成佛成仙之人也多会与荷花为伴。在敦煌壁画中，不论是讲经说法，抑或是众神出游时，多会看到形态各异的荷花飘浮在众神身旁。

观音莲池荷花

菩萨道：『他本是我莲花池里养大的金鱼。每日浮头听经，修成手段。那一柄九瓣铜锤，乃是一根未开的菡萏，被他运炼成兵。』

——《西游记》第四十九回

金灯花又称石蒜。如果这两种称呼依旧让你觉得陌生，那么相信你一定熟悉“彼岸花”这一称呼。金灯花开在冥府之中，艳丽的外表下却隐藏着一颗冷漠的心。因它叶落花开，花凋叶生，花和叶永不相见而令人感到绝情，所以它的另一个名字叫作“无义草”。它生长在冥界的忘川彼岸，安静地看着幽魂们飘荡至奈何桥上，喝下孟婆所递出的孟婆汤。当灵魂渡过忘川，将前尘往事全部忘记，曾经的一切留在了彼岸，重又进入轮回。

阳间的春夏之际，忘川岸边盛开的金灯花会形成一片花海，此时可以较好地看到花朵的细节。金灯花高 30 到 60 厘米不等，雄蕊纤长且突出，顶部为金色。血红色的花瓣姿态妖娆、向外翻卷，如同张开的龙爪。秋冬之际花瓣逐渐凋零，花朵却不会改变颜色，它们随着地府的阴风飘散在冥界的各个角落。花瓣凋零后，叶片从淡紫色的树根中生长出来，开始它们孤独的一生。金灯花开一千年，落一千年，具有迷人的花香，能唤起死者生前的记忆。

金灯花

金灯，一日九形。花叶不相见，俗恶人家种之，一名无义草。

——《酉阳杂俎》

掌中芥又名蹑空草。它虽在众多仙草灵株之间并不算出众，但也是众多修行之人争相寻觅的灵植。在《镜花缘》中，唐敖在路边折了一棵青草，草叶像松叶一般，青翠异常。叶子上长着一粒种子，大小就像芥子。他把种子摘下，吞入腹中。又摘了一棵青草把种子放在手掌中，吹了一口气，种子瞬间就长成了一棵青草，也像松叶一样，约长一尺；再吹一口，又长一尺；一连吹气三口，共长出三尺之长。多九公说：“这是‘蹑空草’，人若吃了，能飞到空中，所以叫作‘蹑空草’。”唐敖听了，往上一跳，果然就像飞舞一般，腾空而上。

掌中芥名字的由来，就是因为在播种之初，此草的种子需要在人们的手掌上停留片刻，然后由人从手掌中吹拂飘落并将其播种在地上，它才能继续存活。否则种子会自然地随风飘落，并能够“见风长”，可以不需要土地的滋养在空中飞舞，瞬间长成三尺高的植物。但是长到三尺也是它自动枯萎的开始，所以此草虽然繁殖和生长能力极强，却也十分罕见。

在土地上存活下来的掌中芥才能成为真正意义上的蹑空草。草叶会从根部至草尖依次成熟，其间颜色也大不相同。成熟的蹑空草叶为暗绿色，而最顶端未成熟的叶片则为浅红色，成熟的叶子间才会长出芥子一样的籽粒。蹑空草虽生长迅速，但是叶片的成熟期长达数十年，一棵草上最多只会有两片完全成熟的叶子，在叶子掉落之前，将不会有新的成熟叶片长出。而成熟叶片之间的籽粒，人们需要在采摘后十秒之内含服，才可以不借助任何物体而腾空飘浮。蹑空草生长在鸟哀国，因为它神奇的作用而备受国人喜爱。但此草只能生长在鸟哀国，一旦被带出则会瞬间枯萎，灵气尽失。

掌中芥—蹑空草

有掌中芥，叶如松子。取其子置掌中，吹之而生，一吹长一尺，至三尺而止，然后可移于地上。若不经掌中吹者，则不生也。食之能空中孤立，足不蹑地。亦名蹑空草。

——《汉武帝别国洞冥记》

萤火芝生长在良常山上，叶子和平常的草没什么区别，开紫色的花朵，结出的果实像豆子一样大，混在杂草中很难分辨。在鸟语蝉鸣的夏季，生长在良常山中的萤火芝正在盛开，花朵在夜间绽放出璀璨的光芒。它们的光芒无处不在，遍布整座良常山。

萤火芝的花朵离开主体后并不会瞬间死亡，光芒也不会立即熄灭。当夜晚的山风轻拂过丛生的萤火芝时，点点萤光飞舞在寂静的夜空中，为良常山增添了不少浪漫和梦幻的气息。

良常山原本叫北垂山，在句容境内。句容自古被列为仙地，秦始皇为求长生之术游猎到此，取“良为常也”之意，将这座山改名为良常山，并将一对白璧埋在此山中。

萤火芝除了具有极高的观赏价值以外，还有食用和药用价值。它成熟之时会产生一种特殊的萤火芝露，这萤火芝露是极其纯净的灵气和药气的集合体。服用一枚，就会使人心中一窍洞明；如果服用七枚，则心中七窍皆洞明，这种神奇的药通常被读书人当作一种学习的“捷径”。但要想走捷径，往往需要付出相应的代价。在食用萤火芝药水之后，食用者通常会感到疼痛难忍，食用越多越会疼痛难忍。因此，虽然萤火芝功效显著，但是食用之人并不多。

萤火芝

良常山有萤火芝，其叶似草，实大如豆，紫花，夜视有光。食一枚，心中一孔明。食至七，心七窍洞彻，可以夜书。

——《酉阳杂俎》

蔓金苔亦称夜明苔，是一种又软又薄的类似于苔藓的植物，颜色就像黄金一样。每棵的大小就像鸡蛋一般，如果取一些放到水里，这些鸡蛋大小的植物就会紧紧地聚在一起，浮在水面上，放射出如火焰一般明亮的光芒。在古时候黝黑的夜色中，显得既神秘又高贵。

据说蔓金苔之所以能够散发光芒，是因为它生长于极阳之地，本身就蕴含着极盛的火气。尽管如此，蔓金苔的光芒却如暖阳一般，并不刺眼。

在古代，光的重要性远远超过了我们的想象。直到魏晋时期，普遍以蜡为烛的时代才逐渐开启。在那之前，夜晚对于古人来说就是一种煎熬。对于穷苦的平民来说，没有光亮也就意味着一天已经结束了。而王公贵族则有资格享受被各种光芒照亮的夜晚时光。夜晚的贵族庭院因蔓金苔的出现变得更加灯火辉煌，随后蔓金苔也有了另一个名字——夜明苔。大量的磷质成分使得蔓金苔发出强光，且磷光的亮度与植物的大小成正比。这种光虽然明亮，却没有热度，使用时不用担心受伤，所以受到了贵族们的喜爱。东晋时期，受车胤“囊萤映雪”的启发，许多穷苦的读书人开始通过外力借取一点光亮。祖梁国将自己国土上大批量的发光植物进献给晋朝国君，以表示自己的友好，这种植物就是蔓金苔。

蔓金苔不在土壤中生长，从种子开始便飘浮于空中。采摘蔓金苔时需要将漆涂抹于工具表面，然后轻轻触碰蔓金苔，它们便会掉落在地。它的结构简单，没有明显的根、茎、叶，成熟后的蔓金苔发出的光亮就像无数只萤火虫集聚在一起一样，呈现如同鸡蛋的椭圆形，大小也与鸡蛋相似。蔓金苔上方较大的部分为主体，主体通常会延伸长出三四个较大的苔叶，同样可以发出光芒。但美中不足的是，蔓金苔的寿命只有十几年，加上当时的人不懂得如何栽种，导致之后蔓金苔的数量急剧下降直至消失，如今我们再难寻觅到它们的身影。

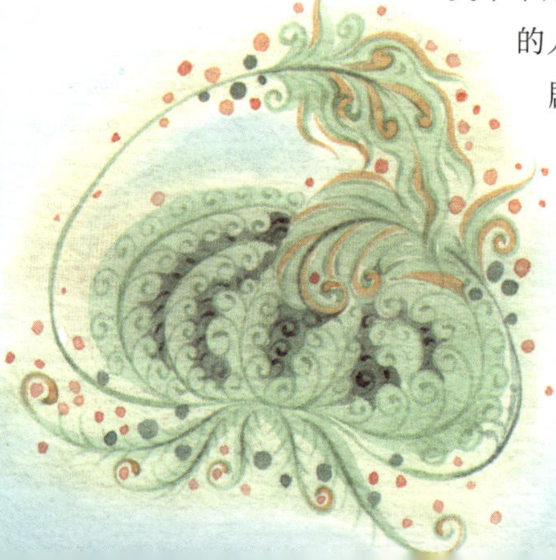

蔓金苔

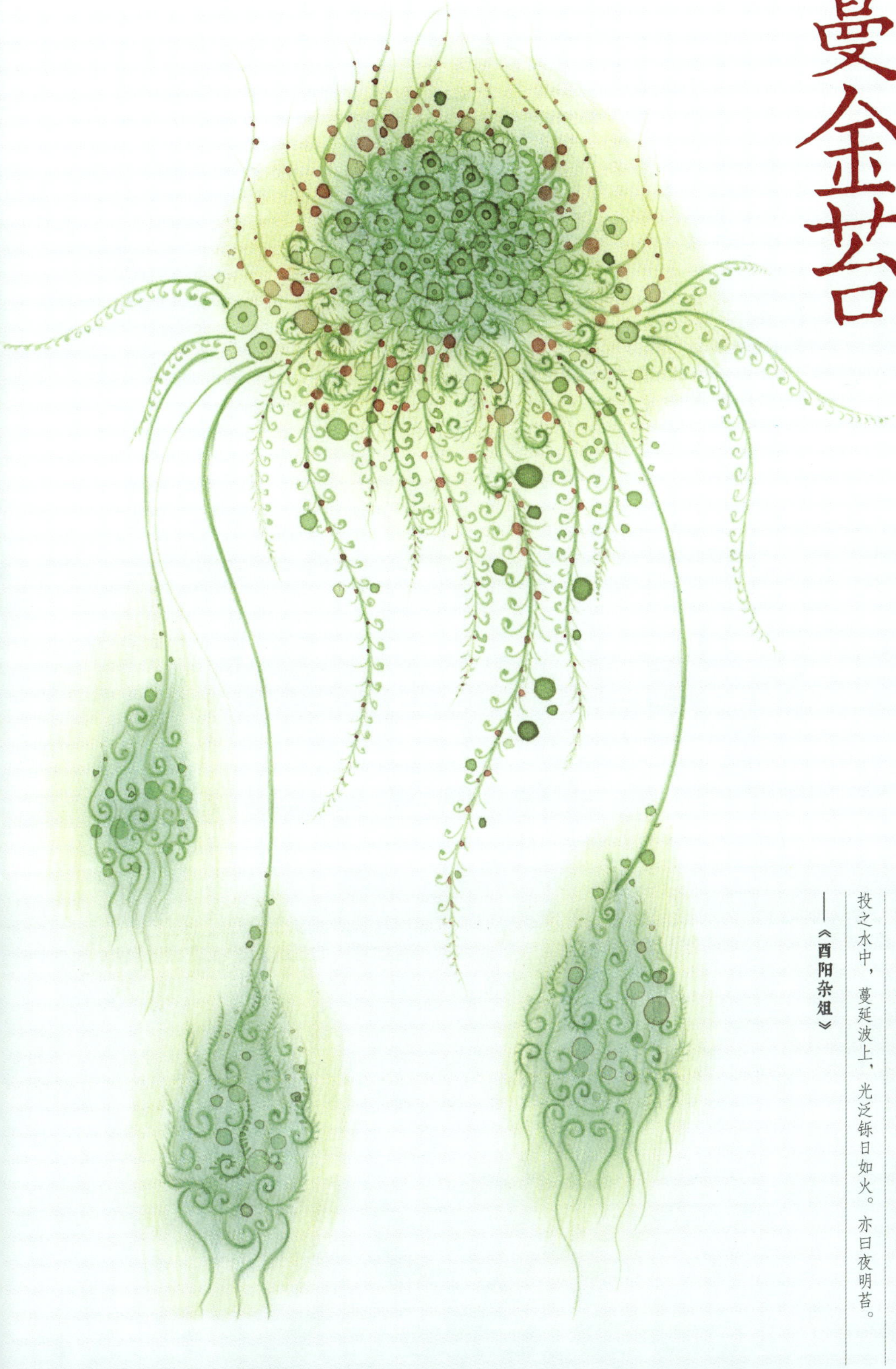

晋时，外国献蔓金苔。色如金，若萤火之聚，大如鸡卵，投之水中，蔓延波上，光泛铄日如火。亦曰夜明苔。

——《酉阳杂俎》

睡莲与莲花相近，但在形态上则有明显的区别。从外形上看，莲花通常都直立于水中，花同部分茎干露出水面，而睡莲仅是花朵漂浮在水面上；莲花中有莲蓬，当花瓣掉落后，只有莲蓬留在茎干上，睡莲却没有莲蓬，花心中只有花蕊和柱头等。

南海睡莲则有几分神秘的色彩。它们不仅在白天盛开，夜晚闭合，还会在闭合后悄悄地潜入水中。南海睡莲的外形也十分奇特:花心中没有花蕊和柱头，只有一个像攥紧的婴儿拳头一般大小的东西。橙粉色的南海睡莲，花瓣如同佛手，且数量较多，看上去就像多双佛手托举着婴儿的小手。白天的南海睡莲绽放程度夸张，神圣的造型让世人惊叹不已。

南海睡莲喜爱阳光，阳光充足的时候它们会尽力将花瓣绽放，接受日光的洗礼。白天的南海是一片花海，睡莲和莲叶紧密地排列在一起，铺满整个南海。这也是水中鱼群最为活跃的时候，它们可以依靠着睡莲的遮挡，躲避烈日，在水面的阴凉处休憩玩耍。直到太阳落山，南海才会归于平静。睡莲也会随着夜晚的到来，静静睡去。闭合的睡莲如同合十的双手，缓缓沉入水下，等待次日的阳光将它们逐一唤醒。

花开十年，花败百年，生死循环，往而复来。南海睡莲在枯萎后不会死亡，而是钻入水中等待下一次的重生。南海睡莲是无根之莲，它们随波漂荡在海面之上。它们会选择在阳光最富足的时候凋零，花瓣逐渐掉落露出藏在花中的花心，随后花心缓慢降入水中，沉至水底。在日复一日的等待中，它们会安静地吸收周围的仙气，为自己的重生积蓄力量。

南海睡莲

南海有睡莲，夜则花低入水。屯田韦郎中从事南海，亲见。

——《酉阳杂俎》

钓影山因为常年有烟雾缭绕而显得十分神秘，山中有条紫河，深三十余米。有许多仙人居住在这座灵山之中，并在这里设立了降灵台。降灵台就像传送门一样，仙人要进入钓影山，就会从这个灵台进入。除降灵台之外，仙人们还建了一座养灵池，池中豢养着许多灵物。无论是动物还是植物，只要出自此池，必定会有不凡之处。此外，仙人们还为自己建造了多处住所，建筑材料多为珍珠和玉石，亭台楼阁点缀在钓影山中，给神秘的钓影山增添了无限生机。

大量的都夷香就生长在这片神秘的山林中。它们入水后顷刻之间就会铺满整个水面，导致其他物种难以生存。而钓影山中的都夷香恰巧避开了山中的河流，生长在茂盛的树林之中。都夷香的叶片弯曲，花蕊为红色。它们没有固定的授粉季节，一旦成熟，雄蕊的花粉便会通过风力传播至雌蕊上。当雌蕊接触到花粉后，都夷香就会结出枣核形状的果实。

这种果实虽然十分微小，但是只要服用一颗，几个月都不会有饥饿感。而果实如果掉落在地面上就会立刻生根发芽，但是后期的生长非常缓慢，要经过长达半年的时间才能够成熟。要是将都夷香的果实直接投入水中，它们便会疯狂地生长：花朵会率先长出根部，花叶也逐渐成熟，只要有一朵都夷香完成生长，便会在水面上飞速蔓延，直到霸占整片水域。都夷香的生长范围取决于水面的大小，它不仅适应力强，还不分生长的水质以及水源状态（这里指死水或者活水）。都夷香虽然生命力顽强，但是寿命短暂。虽然在水中都夷香会飞速生长，但一段时间后便会逐一凋零，此时的它们便成了水中动物最好的食物。

都夷香

都夷香如枣核，食一片，则历月不饥。以粒如粟米许投水中，俄而满大盂也。

——《汉武帝别国洞冥记》

《山海经·南山经》中记录的第一山系䧿山的首山名为招摇山，山中生长着祝馀。祝馀因味道清香甜美且食用后有饱腹感，而成为山中食草动物的主要食物。招摇山上也有人类活动的痕迹，因为山中的神奇之物较多，山民们经常上山寻宝，祝馀便会在那个时候被发现。

山民依靠观察动物的饮食来判断植物是否能食用，动物虽然没有人类的思维，但是当它们感到身体不适时，一样会寻找治病良药来为自己疗伤和果腹，而祝馀是它们的首选。祝馀因而也成为山民们所喜爱的食材之一。祝馀的外观很像韭菜，叶片四散生长，花朵为橙黄色，花蕊弯曲。祝馀的体态较大，叶片最大时可以长到一米。它的花、叶以及根部都可以食用。这种植物喜爱温暖湿润的地方，土质疏松、土壤肥沃的生存条件能够让祝馀成片生长，因此在向阳的泉水旁时常能够找到生长茂盛的祝馀。祝馀在四五月时成熟，山民通常会在这时组织大家一起上山采摘。他们会将祝馀连根挖出，在挖取祝馀时山民会注意将部分还未成熟的祝馀留下，以便它们在山中自行结合繁殖，供来年继续采摘。

采收结束后，山民将祝馀按照不同部位分类：切下须根，摘下花朵，逐一洗净后在太阳下暴晒，等到祝馀全部晾干后，才能开始使用。祝馀的根部具有润肺止咳的功效，将根部放入食物中当作配料可以有效去火；花朵晾干后可以当茶冲泡，饮下祝馀茶便会有种饱腹感，而且这种状态会持续多日，所以当地山民通常会将花朵保存起来，以备不时之需；叶片不同于根部，可以直接作为主料进行加工，用祝馀叶做出的菜微苦，但因其功效显著，也经常会出现在山民们的餐桌上。

祝馀

南山之首曰䧿山。其首曰招摇之山……有草焉，其状如韭而青华，其名曰祝馀，食之不饥。

——《山海经·南山经》

《山海经 · 西山经》中曾提到一座小华山。山中生活着一种鸟类，名为赤鷩，它们可以帮助山民躲避火灾。山上还生长着许多牡荆树和枸杞树，当地村民常常上山采摘。而能够治疗心痛的萆荔，也是村民们时常寻找的植物。

萆荔通常生长在石头上，也有一小部分攀缘着树木或山体生存。萆荔是一种香草，可以入药，对治疗心脏疾病有神奇的功效。因此小华山的村民经常会在心痛时服用萆荔。除此之外，萆荔还有活血、祛风湿等功效。

萆荔的根部生长得较为粗壮，还带有许多不定根。其叶片生长得十分缓慢，嫩绿色的叶片是其成熟的标志。但是小华山中的萆荔从不结果，叶片是唯一可食用的部位。所以山民们并不知道萆荔还可以开花结果，自然也就不清楚萆荔除了入药之外，还可以食用了。

其实萆荔也是可以结果的，在果实未成熟时其表面为黄绿色，并且带有茸毛，成熟后颜色会变为红色或红绿色。果实内有黏液，可以制作成凉粉，冰镇后食用。

萆荔

又西八十里，曰小华之山……其草有萆荔，状如乌韭，而生于石上，亦缘木而生，食之已心痛。

——《山海经·西山经》

竹山出现在《山海经 · 西山经》中，山上有种草，名叫黄雚。黄雚的根部有多条须根，叶子为青绿色，叶片的形状如同臭椿。白色柔软的花朵乍看之下很像棉花，却遇水则化，因此碰到雨水天气或者潮湿的环境，黄雚的花朵便很难存留，这也导致黄雚在结果方面很受限制。所以，黄雚大多会赶在雨季来临之前开花结果，散播种子。

黄雚的果实为红色，多为菱形，它们虽然不会因为水汽而消失，但是花朵的减少会连累果实一起遭殃。如果在雨季来临之前黄雚还没有长出花朵，它们就会像“光杆司令”一样，根茎上只有叶片。竹山中的人也通常要在雨季来临之前尽可能地到山中搜集黄雚的花与果，以备不时之需。

黄雚的花果对于治疗疥疮十分有效，将花果溶于水中，人只需将病体部位浸泡在黄雚水中就可以完全消除疥疮；同时黄雚水还可以消除人身上的浮肿，清晨用黄雚水清洗面部可以达到消去浮肿的作用。因为黄雚水具有神奇的功效，因此黄雚在当地被视作神圣的植物。

黄雚

又西五十二里，曰竹山……有草焉，其名曰黄雚，其状如樗，其叶如麻，白华而赤实，其状如赭，浴之已疥，又可以已胕。

——《山海经·西山经》

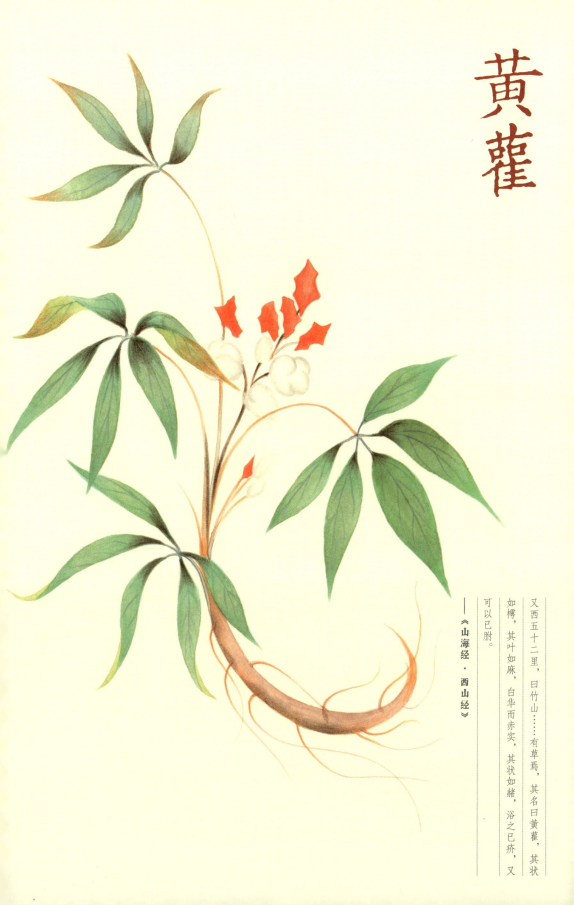

《山海经 · 西山经》中记录了这样一种植物：它们生长在浮山中，叫作薰草。薰草是一种季节性植物，春天开花，直到秋天才会结果。因此春天的薰草生长得极为茂盛，叶片的形状和麻的叶子十分相似，叶片生长成熟后就像婴儿张开的手掌。薰草的根茎为方形。春天到来时，便到了薰草授粉的季节。薰草会开出红色的花朵，盛开的薰草花朵，雌花蕊十分明显。花瓣尖部窄，末端宽，呈四散状。到了秋天，薰草便会逐渐结出微小的果实。果实为黑色，虽小但果汁丰富，可以直接食用。

薰草的叶片晒干之后会发出类似蘼芜的味道，此时将其佩戴在身上，可以治疗麻风病。一旦入冬，薰草便会将自己所有的营养物都集中到根部，地上部分会逐渐枯萎、死亡。根部却始终是活的，静静等待春天的到来。

薰草无论是果实还是叶片，都有一定的作用与疗效，因此当地人将薰草视为神草。为了保证薰草不受虫害，当地人选择在山中栽种盼木，这种植物非常受虫子的喜爱，一些食草虫会选择寄生在这种植物的叶子上。山中的盼木林立，有效地防止了薰草被虫子叮咬。

薰草

又西百二十里，曰浮山，多盼木，枳叶而无伤，木虫居之。有草焉，名曰薰草，麻叶而方茎，赤华而黑实，臭如蘼芜，佩之可以已疠。

——《山海经·西山经》

杜衡生长在《山海经 · 西山经》所记录的天帝山中。天帝山肥沃的土地、奔流不息的河水，供养着山中万物。

天帝山植被类型丰富，山上生长着数量众多的棕树和楠木，山下的茅草和蕙草郁郁生长。杜衡之所以能在天帝山中崭露锋芒，被众人喜爱，是因为在当时车马书信的年代，马自然是最重要的交通工具，而杜衡的一大奇效就是将它佩戴在马匹身上后，可以使马跑得飞快，每匹马几乎都可以成为“千里马”。

杜衡的形状类似葵菜，红色的叶脉十分明显。叶片的颜色会从青绿色逐渐过渡到深绿色，颜色的变化标志着杜衡逐渐生长成熟。成熟的杜衡，叶片十分饱满，充满弹性。走近杜衡可以闻到淡淡的香味，这种香味类似蘼芜。除去气味可以让马匹奔跑迅速之外，杜衡自身也可作为药材使用。饱满的杜衡叶中充满了水分，其中所含的成分可以治愈人们颈部的肿瘤。

杜衡

又西三百五十里，曰天帝之山……有草焉，其状如葵，其臭如蘼芜，名曰杜衡，可以走马，食之已瘿。

——《山海经·西山经》

无条生长在皋涂山中，被记录在《山海经 · 西山经》中。皋涂山上老鼠泛滥成灾，严重影响了当地居民的生活。而无条可以将老鼠毒死，因而被大量栽种在皋涂山中。

无条的外形与藁茇类似，根茎较短，直立生长，根茎的内部为中空结构。无条的叶片如同葵菜的叶片，呈角裂状，由两种颜色组成。叶片正面为灰绿色，背面为赤红色。叶片上的叶脉清晰可见，多为红色。弯曲生长的叶片让无条看上去更加活泼。相比于叶片，分布着茸毛的叶柄则显得较为纤细。

无条成熟的季节为夏季，但因自身受不了高温，容易枯萎，所以在盛夏到来之前，居住在皋涂山中的人就要将成熟的无条采回家中备用了。他们将无条摘下后捣碎与老鼠喜爱啃食的食物掺杂在一起，投放到老鼠经常出现的地方，等待老鼠们自投罗网。

除此之外，为了防止老鼠因为长时间食用无条而产生抗体，皋涂山中还放有足以毒死老鼠的石头，名叫礜（玉）。礜（玉）为一种有毒的矿物，老鼠食用后会立即死亡。

无条

西南三百八十里，曰皋涂之山……有草焉，其状如藁茇，其叶如葵而赤背，名曰无条，可以毒鼠。

——《山海经・西山经》

蓂草生长在昆仑山中，昆仑山作为西王母瑶池的所在地，由天神陆吾所掌管。作为第一仙山，昆仑山周围被弱水环绕，上通天庭，下连幽都，这里的奇珍异宝更是星罗棋布。昆仑山中的一草一木，都显得十分神圣。

蓂草可以说是世间之人都想得到的一种神草。生长在赤水河畔的蓂草随风摆动，叶片呈心形，半透明的绿色叶片在阳光的照射下显得晶莹剔透，叶片上的紫色脉络清晰可见。当蓂草未成熟时，茎干的颜色与根部相同，均为紫色。一旦成熟，茎干将转变为白色，从远处望去，蓂草的叶片就如同飘浮在空中一般，灵动感十足。伴随着叶片的生长，蓂草的根部会长出长须，长须上的分枝越多，证明蓂草的年龄越大。这种草类不会随着时间而枯萎，到了一定年龄后，它们会自动停止生长，并且在某处长生。

蓂草的作用是两面性的，它一方面可以让人们远离困扰与烦恼，但另一方面则会让食用者失去相关的记忆。忘却烦恼与忧愁，几乎是所有人的愿望，却要付出同等的代价。所以，食用蓂草来忘掉忧愁这件事，很少有人愿意轻易尝试，通常都对它望而却步。

薲草

西南四百里，曰昆仑之丘，实惟帝之下都，神陆吾司之……有草焉，名曰薲草，其状如葵，其味如葱，食之已劳。

——《山海经·西山经》

簃生长在甘枣山中，甘枣山是中央第一列山系薄山山系的首山，被记录在《山海经·中山经》中。这座山是共水的发源地，河水向西流淌，最终汇入黄河。河岸附近有诸多植物，有高大的杻树，也有低矮的簃群。簃的外观像多种植物的杂交，根部像葵菜，叶子像杏叶，叶子的生长方式为互生。

簃把自己的开花时节选在了每年秋季，花朵为多色。花朵授粉后便开始孕育果实，经过短短几天便可以结出果实。果实成熟之后会沿着腹缝线开裂，果皮将裂成两瓣。

簃是喜爱潮湿地带的植物，在河岸边便可轻松地找到成片的簃群。每逢秋季，当地居民就会一同上山寻找簃，捡拾其果肉。簃对治疗眼花有很好的效果。簃豆可以直接食用，也可以晾干碾碎后沏水服用。簃的食用方式多，且口感较好，味道甘甜，是甘枣山中不可或缺的美食，所以当地人对其喜爱有加。

箨

中山薄山之首，曰甘枣之山，共水出焉，而西流注于河。其上多杻木，其下有草焉，葵本而杏叶，黄华而荚实，名曰箨，可以已瞢。

——《山海经·中山经》

脱扈山中生长着一种草药，名为植楮。其叶子形状与脉络很像葵叶，但叶子两边带有对称的凹陷形结构。植楮的花朵微小，颜色为红色，属于十字花科，长有四片花瓣。果实的外貌像荚果，顶部有红色茸毛，从树枝根部到顶部逐渐减小。植楮的底部长有锋利的刺，如果采摘过程中不小心划伤皮肤，会有轻微的麻痹感。

这种草药对患有抑郁症或者长期困在梦魇中的人十分有效。将植楮的叶片晾干之后碾至粉末状，每次服用一钱，症状就可以得到缓解。植楮可以自发地根据病人的需求而显现出不同的效果。植楮中的成分可以让抑郁症患者调整好心态，缓解他们的心理压力。

对于处于梦魇中的人，植楮则有着镇定驱邪的效果。除了定时服用以外，还可以将植楮的叶片佩戴在患者身上，其散发的味道也能起到安神的效果。若是将碾好的粉末加在熏香中，则效果更佳。在当地，即便家中没有需要食用植楮的病人，他们依旧家家都备有这种植物，他们认为植楮不仅可以治疗病症，还可以驱鬼辟邪保平安。

植楮

又东七十里，曰脱扈之山，有草焉，其状如葵叶而赤华，荚实，实如棕荚，名曰植楮，可以已癙，食之不眯。

——《山海经·中山经》

人活一世，开心最为重要，而鬼草这种植物能让你时刻享受无忧无虑的生活。它生长在牛首山上，这座山出现于《山海经 · 中山经》中。鬼草虽然名字诡异，让人浮想联翩，实际上这种草的外貌十分普通。如果你对鬼草不熟悉，很难分辨出花朵与叶片。鬼草的叶片并没有特殊的味道，但是佩戴在身上之后就会令人身心愉悦。

鬼草的叶子形似葵菜，圆润饱满的叶片表示它已经成熟，可以采食。花朵则像禾苗——直接将花朵折断后栽种在土中，它就可以长成一株完整的鬼草。花朵越是茂盛，它能使人开心的能力就越强。鬼草浅红色的茎干连着根部，其真正可食用的部分，其实是鬼草的根。它的根部粗壮，口感爽脆，无论怎样烹饪，都属上等佳肴。

在牛首山中，漫山遍野的鬼草茂盛地生长着，这是当地山民独有的财富。而对于鬼草的用量，是有限制的，无休止地服用最终会使人变得疯癫。这种疯癫被人们理解为无忧的最高境界，但并没有人愿意轻易尝试。经历巨变的人通常都会对鬼草抱有依赖感，久而久之，就变成了癫狂之人，更加痛苦地活在这个世上。

鬼草

又北三十里，曰牛首之山。有草焉，名曰鬼草，其叶如葵而赤茎，其秀如禾，服之不忧。

——《山海经·中山经》

爱美之心，人皆有之。迅速变美，是很多人可望而不可求的。在《山海经 · 中山经》中，记录着这样一种植物——荀草。它的功效就是能够令人吃下之后迅速变得美丽动人，焕然一新。荀草的形状与兰草类似，茎干为方形，黄色的花朵醒目地盛开在中心。果实生长在植物上时为红色，大小与珍珠相近；一旦采摘下来，就会逐渐变成不同的颜色。荀草对生长环境极为挑剔，每一株荀草对土壤、空气的要求都不一样，因此它们也很少聚集生长。

荀草所拥有的奇效，千百年来引得无数人前往青要山中找寻其踪迹。荀草的开花程度不同，标志着其功效的强弱不一。花朵越是盛放，效果则越强，上等的荀草更是凤毛麟角。所以，尽管前来寻草的人数不胜数，但是真正能够找到的人屈指可数。

很多人用尽一生都无法找到一株，却无法停止寻找的脚步，殊不知他们早就已经迷失在这个以貌取人的时代了。

荀草

又东十里，曰青要之山，实惟帝之密都……有草焉，其状如葌，而方茎、黄华、赤实，其本如藁本，名曰荀草，服之美人色。

——《山海经·中山经》

鼓镫山出现于《山海经 · 中山经》中，是中央第一列山系薄山山系的最后一座山。因为山中富含矿物质又以黄铜居多，所以山峰呈红色。山上的土壤富含矿物质，所以山间的溪流也呈现出多彩的颜色，远远望去，鼓镫山色彩艳丽，美轮美奂。山间的植被类型多样，以草药为主。靠近山顶的地方生长着一种神奇草类，名叫荣草。

荣草的外形十分特殊，叶子虽然像普通的柳树叶，根茎却像鸡蛋的形状。这种草是成片生长的植物，喜爱阳光，当太阳升起时，它们的叶片会逐渐张开，充分地进行光合作用。

荣草通常生长在鼓镫山的山顶上，很难采摘，但因为它是一种十分有效的治疗风邪的药物，利用率也较高，所以不断有人不畏艰险，上山采摘。通常村民们会定期寻找身体强壮的人上山采集，以保证山下的荣草供货量充足。荣草的根茎是治疗风邪病症的药材，采摘回荣草之后，要将其叶子去掉，只留根茎部分。随后，直接服用即可。食用过后，因风邪引起的各种病症便会立即消失。

荣草

又东北四百里，曰鼓镫之山，多赤铜。有草焉，名曰荣草，其叶如柳，其本如鸡卵，食之已风。

——《山海经·中山经》

不死草是一种神草，也被称为仙草，服之能令人起死回生。神草大都生长在高石沼处，并不出现于人间。因为其色彩丰富、造型独特、功效非凡，很多仙人都会到高石沼采摘食用。高石沼环境优美，有麒麟、神鸟等神兽居住，不死草就生长在英泉边。英泉本身就是延年益寿的神泉，喝下泉水会沉睡三百年，之后自然苏醒，醒后便可以长命百岁。因此，生长在水岸边的神草也同样珍贵。上好的不死草在同一株植物上会表现出不同的形态，颜色也不同。不死草的上层形状与马车相似，中间为人形，下方则像家畜。上层的草色为红色，中间为黄色，下层的颜色通常不固定，因此不死草的颜色每一株都是不同的。

不死草可以直接覆盖在死去的人身上，也可以直接食用。在颛顼时期，有兄妹违反道德结为了夫妻，颛顼帝知道后将两人流放到了崆峒山的原野上，让其自生自灭，最后两人拥抱着死去。神鸟得知此事后，衔着大量的不死草抵达原野，并用不死草覆盖住兄妹的尸体。七年后，兄妹二人的身体融合在了一起，一个身体上长有双头、四手、四足，这一特点后来成了蒙双氏的特征。

再往后，与不死草有关的传说中最有名的就是《白蛇传》中白娘子舍命盗仙草这一情节了。许仙被现出原形的白素贞吓死后，白素贞为了救回许仙的性命，前去昆仑山盗取仙草，使许仙起死回生。关于不死草的记录，相对都比较浪漫，大约是人们认为起死回生本身就是一件比较浪漫的事情吧。

不死草

昔高阳氏，有同产而为夫妇，帝放之于崆峒之野。相抱而死。神鸟以不死草覆之，七年，男女同体而生。二头，四手足，是为蒙双氏。

——《搜神记》

“人心”时常让人觉得可怕。也许有人表面上温和谦逊，内心却阴险狡诈，这种真实内心的隐藏导致许多人每天都活在猜忌之中。如果说世上有种神奇之物，可以透视人心，非屈佚草莫属。

屈佚草是尧帝时期出现的一种灵草，它虽是植物，却可以看透人心。尧作为“五帝”之一，贤明有为，是位成就颇大的帝王。尧执政时期，在用来商议政事的大殿前，一夜之间长出了一种草。此草通身为黄色，无论是否生长在角落，都十分明亮显眼。它本身是直立生长，当德行兼备之人路过时，这种草就像普通的花草一样，没有任何变化。当谄媚小人路过时，这种草的姿态就会从直立转为弯曲，呈现出一种萎靡不振的样子。

有人观察到，当尧的儿子丹朱及其属下路过时，这些草就会展现出蜷缩的姿态。丹朱是个顽劣之人，又好大喜功，并且听信身边谄媚之人的话，试图拿下帝位。尧在位时期便看出了自己的儿子不能承担帝位，所以开创了禅让制，将自己的帝位传给了舜。

而这种突然出现在殿前的草，便被称为屈佚草，也叫指佞草。顾名思义，就是可以清楚地分辨出经过此草的人是贤明之人还是奸佞谄媚的小人。但因当时丹朱听说此事之后，一气之下将所有的屈佚草都销毁了，此后就再无屈佚草了。

屈佚草

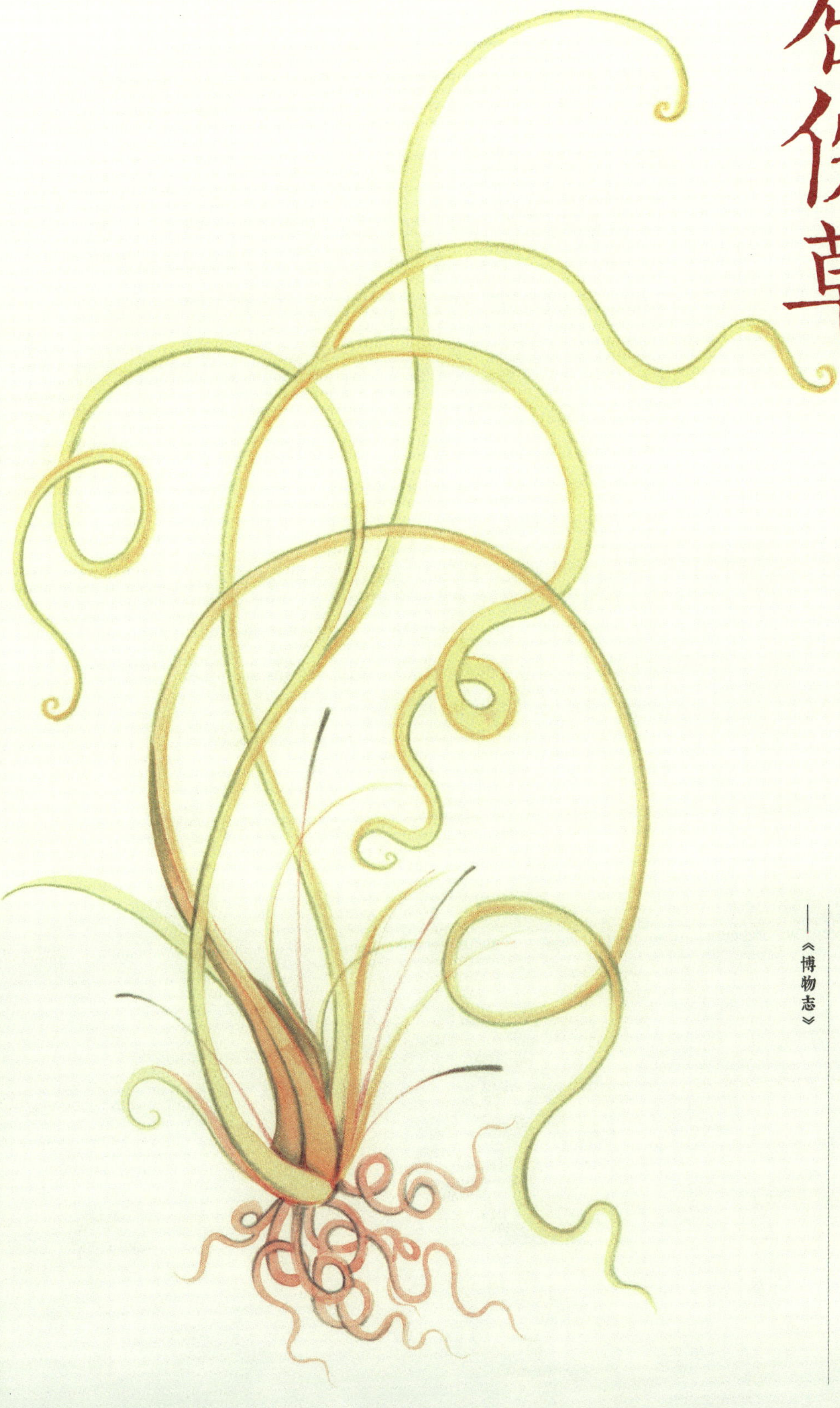

尧时有屈佚草，生于庭，佞人入朝，则屈而指之，一名指佞草。

——《博物志》

蓥草，又叫右詹草，是炎帝之女的精魂所化之草。炎帝的女儿瑶姬，容貌美丽却未嫁而死，葬在了巫山，被人们称为巫山神女。女神的灵魂飘荡至姑媱山，变成了一株蓥草。蓥草姿态婀娜，生长得也极为茂盛。叶片一层层地紧密生长在一起，黄色的花朵点缀在繁茂的叶片之间。也许是因为这棵草中注入了瑶姬的灵魂，因此其叶片与花朵都长成了惹人喜爱的心形。蓥的果实和菟丝的相似，菟丝通常寓意着缠绵的爱情，这也足以看到瑶姬的不甘。

带着生前遗憾化成的仙草，自然有着瑶姬前世的愿望——渴望被人喜爱。这也是蓥草神奇的地方，凡是服下其果实的人，便可以变得美貌动人，得到别人的关注和宠爱。因为大家替女神惋惜，所以从来没有人会将此草连根拔起，最多摘一两颗果实便离开。蓥草也会自动地长出果实，为下一个前来采食的人提供蓥草果。

多年后，瑶姬终于迎来重生的机会。死而复生的瑶姬到人间不仅广施恩德，还协助大禹治水，解救了巴蜀人民。除此以外，她也同楚王谱写了一段被传为佳话的爱情故事。只是自瑶姬重生之后，蓥草便在世间彻底消失了。

䔄草

又东二百里，曰姑媱之山。帝女死焉，其名曰女尸，化为䔄草，其叶胥成，其华黄，其实如菟丘，服之媚于人。

——《山海经·中山经》

胡蔓草是一种生命力顽强的草本植物，一般情况下为丛生。它们一旦开始生长，就会逐渐霸占整片土地，因此人们发现胡蔓草之后，就会迅速地斩尽杀绝。胡蔓草整体都很柔软，根茎无法像平常的草木一样支撑起茎节上的叶片。它们的叶片为黑色，长而纤细。颗粒状的花朵隐藏在叶片中，若是你不慎踩在胡蔓草的花朵上，花朵就会立刻粉碎并浸入地面，随即生根发芽。正因如此，胡蔓草清理起来极为困难，稍有不慎就会让它们找到可乘之机。

胡蔓草除了生长速度十分恐怖之外，其自身的毒性也令人恐惧。如果误食胡蔓草后没有及时采取解毒措施，几日之后误食者就会死亡。而解毒的方法一般是饮血，家禽的血最为有效，其中以鸭血或鹅血为首。但是，当你对胡蔓草说一些它们认为不舒服的话，或者用东西打它们，它们所产生的毒素就会无药可解。胡蔓草虽如草芥，却意外地高傲。如果你伤害到它们的自尊，它们便会产生大量的毒素，如果在此之后你将它们吃下，那么等待你的结局便只有死亡了。

胡蔓草

胡蔓草，生邕、容间。丛生，花偏如栀子，稍大，不成朵，色黄白，叶稍黑。误食之，数日卒。饮白鹅、白鸭血则解。或以一物投之，祝曰：『我买你。』食之立死。

——《酉阳杂俎》

护门草生长在常山的北边。这种植物的外观十分奇特，通常都是两朵花相伴相生，一朵花的形状与人的耳朵相似，另一朵花的中心部分则类似人嘴的形状。护门草神奇的地方就在于即使将其摘下，残枝脱离土壤依旧可以存活多年。没有离开土壤的护门草，无论白天还是夜晚，都会保持一种安静的状态。一旦被摘走，它们便会开始履行其看门护院的职责。

常山附近的居民几乎都会采摘护门草，他们将护门草折下带走，挂在自家的房门前，或者插在门边的土壤中。白天的时候护门草会在门前安安静静地聆听，一旦到了夜晚，它们便开始尽职尽责地工作。因为有一朵花的形状类似耳朵，它们可以聆听到周围环境中的任何声音；而中心部位类似嘴巴形状的花朵又会将听到的声音复述出来，且声音嘹亮，如同呵斥之声。太阳西落后，只要有人或动物从自己的周围经过，它们便会发出声音，常山的居民因此放心地过着夜不闭户的生活。

这种特性让护门草成了常山居民的心爱之物。他们觉得护门草是神明所赐的一种看门利器，可以保护自己的家庭财产。所以大家会定期到山中祭拜神明，感谢上天所赠的宝物。

护门草

常山北有草，名护门。置诸门上，夜有人过，辄叱之。

——《酉阳杂俎》

梦草也有怀梦草之称，在汉武帝时期尤为出名。梦草通身为紫红色，长得神似蒲草。其茎干均为可伸缩结构，白天伸出地面，到了夜间则会缩回地下。梦草的花开在枝干顶端，花瓣由茸毛组成，花蕊凌空飘浮在花朵中间。汉武帝挚爱的李夫人因病去世，为此他郁郁寡欢，深夜也难以入眠。勉强入睡之后，也会被梦魇缠身。直到东方朔将梦草献给武帝，他的病情才有所好转。

失眠之人如果佩戴梦草，便可以立即入眠。入睡之人如果怀抱梦草，梦草便能感受到梦的凶吉。如果是噩梦，那么梦草将自动把它转变成美梦，让沉睡的人看到自己想要的梦境。在梦草的帮助下，汉武帝不仅可以轻松入眠，还在梦中见到了自己思念许久的李夫人。

梦草虽然十分神奇，能让人感受到美好的梦境，但是过于沉浸在梦境中而逃避现实，也不是面对困难的正确方法。所以梦草不能过度使用，否则便会出现反效果。汉武帝时期，梦草虽然瞬间成名，但因只有东方朔知道梦草的产地，也只有他懂得这种草的使用方法，所以能够拥有梦草的人并不多。久而久之，梦草也就消失在了汉朝。

梦草

汉武时异国所献，似蒲，昼缩入地，夜若抽萌。怀其草，自知梦之好恶。帝思李夫人，怀之辄梦。

——《酉阳杂俎》

有梦草，似蒲色红。昼缩入地，夜则出，亦名怀梦。怀其叶则知梦之吉凶，立验也。帝思李夫人之容，不可得，朔乃献一枝，帝怀之，夜果梦夫人，因改曰怀梦草。

——《汉武帝别国洞冥记》

神草是三国魏明帝时期发现的一种奇草，后来被移植到魏明帝曹叡的宫苑中，被视为合欢草。之所以称其为合欢草，并不是因为它有什么神奇的功效，而是因为其花朵本身的习性给人一种家人团圆和美的印象。

每株神草上都有众多叶片，蓬松的叶片托起无数朵红色的神草花，花朵从末端到顶端由浅红色过渡到鲜红色。神草的花朵便是它的种子，种子一旦成熟就会随风飘散到各个地方，在不同的地方生根发芽。虽然其种子的数量众多，成活率却不高。神草是种高贵的植物，对水和光的要求很高，所以在生活中并不常见。

夜晚时，神草会让自己最大程度地绽放，以便充分展现自己的魅力。白天时，神草会百叶合一，叶片自动合并到一起，将中心的花果紧紧包裹住，看上去就像还未成熟的花苞。这种叶片与花果相偎相依的情景，让看到的人不免觉得温暖，因此人们将这种神草视为合欢草，寓意阖家欢乐。同时神草也象征着恩爱和睦、互相依靠的夫妻关系。

神草

魏明时，园中合欢草，状如蓍，一株百茎，昼则众条扶疏，夜乃合一茎，谓之神草。

——《酉阳杂俎》

舞草生长在雅州的山地中，这种草对环境的要求并不高，即使土壤贫瘠，它们也可以茁壮生长。因此雅州的山中几乎漫山遍野都是舞草。舞草的一根茎上一般会长三片叶片，一片叶子生长在茎干的顶端，其余两片为对生，呈现出一根茎节上长出两片叶片的景象，这让舞草的整体形象类似一个张开双臂的人形。尽管它们的生长环境有时十分恶劣，但舞草是种极为“乐观”的植物，它们可以随时随地地翩翩起舞。

舞草的茎干韧性较好，叶片转动的幅度可以达到180度左右。当阳光较好时，舞草会自动扭动起来，叶片或上下挥舞，或交叉转动，主茎干也会随之上下舞动，舞姿十分可爱。若是有人接近抑或是听到音乐声时，舞草会跳动得更加卖力。缠绕着茎干的卷须，也会翩翩舞动。舞草的节奏感很好，不管你是发出简单的拍手声，还是演奏复杂的曲调，它们都可以掌握好韵律，跳出符合节奏的舞蹈，动作也不会重复。跳得兴起时舞草还会与人互动，邀请发声者一起跳舞，这种天生就能给人们带来欢乐的植物，经常会出现在节日宴会上，用来烘托宴会的气氛。

舞草

舞草，出雅州，独茎三叶，叶如决明。一叶在茎端，两叶居茎之半，相对。人或近之歌及抵掌讴曲，必动叶如舞也。

——《酉阳杂俎》

仙人绦生长在南岳衡山上，是一种无根植物。植物若是没有根部，便不能生长，但是仙人绦不同，它不仅可以茁壮生长，还能够长生不老。仙人绦生长在石头上，不需要过多依靠外界环境提供养料，自身便可以将雨水或露水转化成需要的养分。仙人绦虽然可以轻松适应恶劣的外界环境，却对能够让它依附生长的石头十分挑剔——石头要富含其生长所需的矿物质和营养才行。一旦选定了寄生石，它们就会不停地吸收石头的养料，帮助自己生长。在生长期间，它们会慢慢同石头融为一体，不再是依附生长，而是鸠占鹊巢，将石头同化。若是把它们寄生的石头敲碎，你就会发现，石头的内部已经长满了仙人绦。

仙人绦造型独特。石头表面的仙人绦，三片叶子纠缠在一起，组成一个心形，看上去与同心结十分相似。仙人绦可以长生不老，又具有令人喜爱的心形结构，在古代寓意永垂不朽的爱情。许多人都会上山寻找这种草，期盼自己可以找到令人向往的爱情，或者希望自己的爱情可以永生永世长存。但因为仙人绦对石头的选择十分严苛，所以这种植物并不常见，真正能够寻找到它的人可以说是少之又少。

仙人绦

仙人绦，出衡岳。无根蒂，生石上。状如同心带，三股，色绿，亦不常有。

——《酉阳杂俎》

洞冥草生长在钟火山中，外表毫无特点，不易被人发现。到了夜间，洞冥草才会展现出它的魅力。夜间的钟火山上，星星点点的亮光就是洞冥草发出的。洞冥草的茎干到了夜晚会自动发出光芒，因此它才有了另一个名字——明茎草。洞冥草的光亮与其他照明植物不同，若是将洞冥草折下，折断处的光亮就会变得更为耀眼。除了可以发光以外，断草发出的光芒还可以照清周围的鬼魅。这种光芒会令鬼怪感到恐惧。

洞冥草的浮力极好，即便被扔在水中也会漂浮不沉。如果想要赶夜路，无论是晴空万里，还是倾盆大雨，洞冥草都可以起到照明驱邪的作用，可以说是赶路必备的仙草。

除此之外，洞冥草经过加工后还可以服用。连续服用多日后，每到夜晚，服用之人的身体就会发出同洞冥草一样的光芒，同时也会拥有不惧邪祟的体质。仙人宁封就经常服用洞冥草。东方朔在钟火山发现这种植物后，便将其带回献给了汉武帝，汉武帝命人将洞冥草碾碎，涂抹在云明馆中。完工之后，夜晚云明馆内即便不燃蜡烛，依旧灯火辉煌。

洞冥草

臣游北极，至钟火之山……有明茎草，夜如金灯，折枝为炬，照见鬼物之形。仙人宁封常服此草，于夜暝时辄见腹光通外，亦名洞冥草。帝令锉此草为泥，以涂云明之馆。夜坐此馆，不加灯烛。亦名照魅草。采以藉足，履水不沉。

——《汉武帝别国洞冥记》

铜匙草生长在水中。成熟前的铜匙草生长在水底，并将大量的须根扎根在水底，吸收土壤的营养。等到成熟之后，铜匙草便会漂浮在水面上，这时它就可以被移植到其他地方继续生长了。

铜匙草叶片的形状与剪刀相同，叶片在水中时柔软纤细，随波摆动。直接从水中摘下的铜匙草的叶片，可以当作药材食用。铜匙草具有清热解毒之效，当地人无论是肺热、腹痛，还是发热中暑，都可以用铜匙草来治疗。

铜匙草的营养价值非常高，还可以当作蔬菜食用，无论凉拌还是煎炒都非常美味。当地人的餐桌上几乎每天都会有铜匙草的身影。将铜匙草的叶片在太阳下晒干后，可以用来泡水服用，对身体同样有好处。

出水后的铜匙草，如果连同根部一起完整地被移植到其他地方，叶片就会逐渐变得锋利，最终变得与剪刀无异，所以很多人会将生长在陆地上的铜匙草摘回，当锋利的剪刀使用。

铜匙草

铜匙草，生水中，叶如剪刀。

——《酉阳杂俎》

鹿活草又名天名精。南北朝宋元嘉年间，青州刘憻发现了这种能够令人死而复生的神草。刘憻在山中打猎时射中了一只鹿，鹿被射死之后血溅到了旁边的草上，鹿血在草上不停地循环流动。刘憻认为这种现象十分罕见，竟然有能够让血液不停流动的植物，于是便将大量的神草塞进鹿的肚子中，几分钟后，鹿便站了起来，只是黑色的瞳孔变成了白色的，肚子上的伤口也逐渐愈合。当刘憻将草取出来后，鹿便又倒下了。反复多次之后，刘憻意识到这种神草可以让死去之物复活，于是便将这种草取名为鹿活草。

他将自己发现神草的事情向亲朋好友转述了一遍，大家也纷纷上山寻找鹿活草，结果发现这种神草在山中寥寥无几，很难寻觅。

有人有幸找到了鹿活草，将草连同根部一起采回，在院中栽种，但其生长得并不茂盛。很多鹿活草甚至离开山中不到一天就枯萎衰败了。鹿活草不好培育，也不好寻找，所以大家都认为只有刘憻与这种神草有缘，久而久之，便将这种草称作“刘憻草”。

鹿活草

天名精，一曰鹿活草。昔青州刘憕，宋元嘉中射一鹿，剖五脏，以此草塞之，蹶然而起。憕怪而拔草，复倒。如此三度，憕密录此草种之，多主伤折。俗呼为刘憕草。

——《酉阳杂俎》

树木

天地开辟之初，昆仑山喜得一件灵宝，名为太阴之精。这个名字听起来很生疏，但提到芭蕉扇，相信大家一定不会陌生。芭蕉扇本是这棵灵植的叶子，因《西游记》而广为流传，其故事简单概括就是“悟空三借芭蕉扇”。

铁扇公主手中的芭蕉扇，法力在《西游记》中展现得淋漓尽致：宝物可以一扇熄火，二扇唤风，三扇启雨。而芭蕉扇并非只有铁扇公主这一把，另一把在这之前就被提起过。早在太上老君于平顶山莲花洞收服金角、银角大王的时候，芭蕉扇就可以平地生火，且恶火难灭。在金㟂山金㟂洞，师徒四人遭遇了独角兕大王，他的法宝金刚琢系出名门，养就一身灵气，善变化，水火不侵，又能像黑洞一样套万物，正是“刀兵不怯，水火无愆”。孙悟空曾求助满天神佛，却都对他无计可施。最后，太上老君再次手执用来扇炼丹炉的芭蕉扇前去捉拿。芭蕉扇一扇将金刚琢收回，再一扇令独角兕大王显出了青牛原形。

从前后两把芭蕉扇的法力可看出，这几片芭蕉叶所附的芭蕉树定是非凡之物。此神树生长在昆仑山的向阳之处，只此一棵，且叶数不多。否则作为“捡宝达人”的太上老君一定不会放过其他制造法宝的机会。

几根藤条缠绕着芭蕉树弯曲生长的树干，随着树干向上延伸。层次分明的树皮不断生长，直至树木顶端，在树尖处闭合成球状。与其他芭蕉树不同的是，昆仑山中的太阴之精无花无果，只有螺旋生长的叶片，而这种结构并未让这棵灵植显得单薄。由天地灵气孕育出的芭蕉树孤傲地生活在这片灵山之中，静静享受着自然对它的独特恩宠。

太阴之精

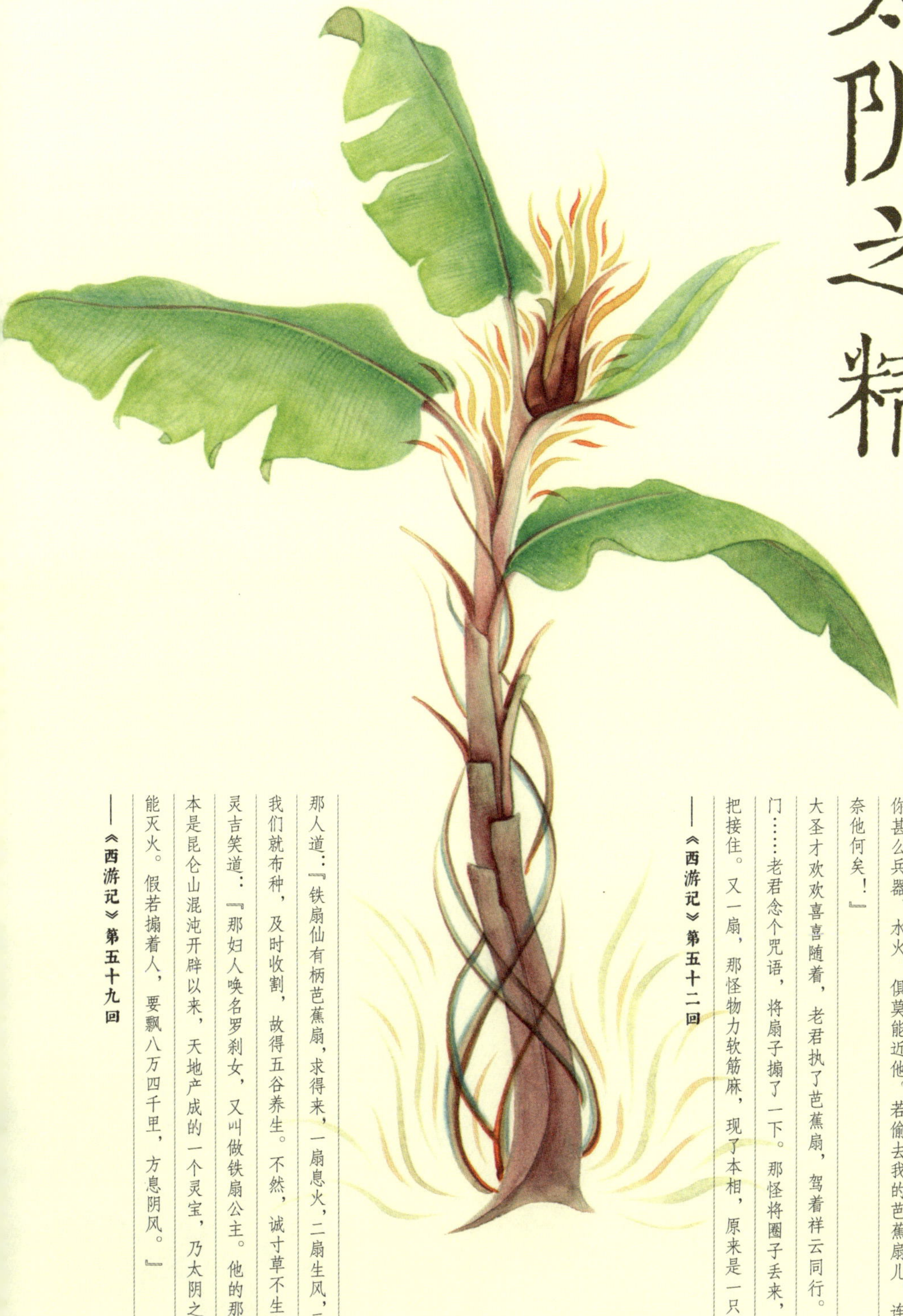

老君道：『我那金刚琢乃是我过函谷关化魔之器，自幼炼成之宝。凭你甚么兵器、水火，俱莫能近他。若偷去我的芭蕉扇儿，连我也不能奈他何矣！』

大圣才欢欢喜喜随着，老君执了芭蕉扇，驾着祥云同行。出了南天门……老君念个咒语，将扇子搧了一下。那怪将圈子丢来，被老君一把接住。又一扇，那怪物力软筋麻，现了本相，原来是一只青牛。

——**《西游记》第五十二回**

那人道：『铁扇仙有柄芭蕉扇，求得来，一扇息火，二扇生风，三扇下雨，我们就布种，及时收割，故得五谷养生。不然，诚寸草不生也。』

灵吉笑道：『那妇人唤名罗刹女，又叫做铁扇公主。他的那芭蕉扇，本是昆仑山混沌开辟以来，天地产成的一个灵宝，乃太阴之精叶，故能灭火。假若搧着人，要飘八万四千里，方息阴风。』

——**《西游记》第五十九回**

西海中有一处海雾弥漫的仙境，名为聚窟洲。洲上山川绵亘不绝，有一处像神鸟一般的大山，被称为神鸟山。山中丛林叠嶂，七色霞光常映其间，山间有种树散发着令人迷醉的馥郁香气，极为独特，名为返魂树。此树具有让人起死回生的法力。

神鸟山中的返魂树香气四溢，盛开的花朵可飘香数百里。每当山风吹过，神树都会发出群牛吼叫一般的声响，声音响亮且气势宏大，令听到的人感到心震神骇。返魂树的树叶与枫叶类似，色亦橙红。其树枝粗壮但姿态婀娜。奇特的是，返魂树的花朵却是蓝色的，开在每根树枝的顶端，蓝色的花苞浮动在枝头，让返魂树显得极为神秘灵动。

如果有幸闻到返魂树散发的香气，就可以不再患病，延年益寿。要想起死回生，就要摘取返魂树三千年一开的花朵，用玉釜将其精心煮沸，烧制出黑色的汁液，煮至黏稠然后秘制成药丸。这种可以将灵魂重新注入死者体内的药丸被赋予了不同的名字：惊精香、震灵丸、反生香、震檀香、人鸟精、却死香。仙人们通常会用这些药丸来济世救人。

要想摘取返魂树的花朵须得机缘巧合，而且只有修仙得道之人才能掌握其炼制诀窍，因此该药丸十分罕见。

用返魂树的花朵炼制的起死回生药丸并不需要直接服下，只需闻一闻就能达到药效。药丸如同返魂树的花朵一样，芳香四溢，香气持续三月不断。刚刚死去的人，闻到这个香气便可立即死而复生，死去已久的人则需要通过将药丸点燃令其复活。

反魂树

山多大树，与枫木相类，而花叶香闻数百里，名为反魂树。扣其树，亦能自作声，声如群牛吼，闻之者，皆心震神骇。伐其木根心，于玉釜中煮，取汁，更微火煎，如黑饧状，令可丸之。名曰惊精香，或名之为震灵丸，或名之为反生香，或名之为震檀香，或名之为人鸟精，或名之为却死香。一种六名，斯灵物也。香气闻数百里，死者在地，闻香气乃却活，不复亡也。以香熏死人，更加神验。

——《海内十洲记》

声风木，传言百年长一寸，吸食日月精华，可锁住光阴，扭转时光，堪比灵器，极为难得。取其新鲜的树枝，用之蘸水，把蘸过的水给病人喝，可以治疗凡间的各种疾病。在西那汗国的暴风山上生长的声风木，永远被强劲无比的大风包围着，一般人根本无法靠近。声风木枝干纤细，却很难折断，因其常年受劲风袭身，材质特异，极为坚韧。虽然在五行之中，金属克木，但是没有任何刀斧能砍断声风木的枝条，其树枝只有在遇到有缘之人时才会自动脱落。

它的树干上有大小不一的洞孔，当山风穿过树干时，会发出如同敲击玉器的声音。其树枝有三米多长，像人的手指一般粗细，枝上有花无叶，花朵呈绿色，花瓣为椭圆形。新抽出的枝芽为淡绿色，成熟之后会变为与树干相同的暗灰色。生长五千年后，树枝内部会渗出水分，使声风木变得潮湿。潮湿后，树干上会长出新的枝芽，变得比原来更加茂密。经历过汗湿后的声风木，生长上万年也不会枯萎。当声风木枯萎后，经历一段时间便可以死而复生，重新生根发芽。相传东方朔曾经从西那汗国带回声风木。当时他带回了十根声风木树枝，作为礼物献给了汉武帝。汉武帝拿到树枝后将它们赏赐给了功勋显著的大臣，并让他们随身携带，此时声风木更为神奇之处便显现了出来。大臣所佩戴的树枝如果变得潮湿，这位大臣就会生病，需要立即就医。要是大臣所佩戴的树枝折断，这位大臣不久就会去世。声风木的这种预见能力，让那些佩戴它们的大臣每天都感到惶恐不安，一天之中要多次查看树枝才能安心。汉武帝为了让大臣们不再每天提心吊胆地生活，下令将下发的树枝一并销毁，此后朝中便再也没有声风木的痕迹了。据说老子和偓佺也曾得到过声风木的树枝。老子在七百岁时，所佩戴的声风木都没有出现潮湿的现象；而仙人偓佺活了三千余年，其所佩戴的树枝也没有折断的迹象。身世神秘的东方朔曾对汉武帝说他看到属于自己的声风木树枝死而复生，且这种现象已经发生过三次了。

声风木

太初二年，东方朔从西那汗国归，得声风木十枝献帝。长九尺，大如指。此木临因桓之水，则《禹贡》所谓因桓是也。其源出甜波。树上有紫燕黄鹄集其间，实如油麻，风吹枝如玉声，因以为名。帝以枝遍赐尊臣，臣有凶者，枝则汗，臣有死者，枝则折。昔老聃在于周世，年七百岁，枝竟未汗。偓佺生于尧时，年三千岁，枝竟未一折。帝乃以枝问朔，朔曰：『臣已见此枝三过枯死而复生，岂汗折而已哉！里语曰：年未半，枝不汗。此木五千年一湿，万岁不枯。』

——**《汉武帝别国洞冥记》**

月中桂树因为生长在月宫这样独特的地方，所以枝叶间带有月亮的神秘印记——桂树的树叶有着月亮般的阴晴圆缺之变化，从枝头到根部，叶片的形状依次由新月形过渡到满月形，颜色也由金黄色渐变为墨绿色。如果能够采摘到枝叶间盛开的金色桂花，经过加工处理就会变为美味的食物。金色是桂树的主色调，就连树枝脱离主体后，根部也会带出金色的絮状物。

吴刚伐桂，无休无止。领命砍伐桂树的吴刚，实际上是在接受天帝对自己的惩罚。桂树的树枝被反复砍伐确实会有一定的掉落概率，但桂树的树干粗壮有力，随砍随合。桂树也因此被称为不死树。

《西游记》中沙悟净的武器降妖宝杖，便是由月宫中桂树的树枝加工而成的。提到沙僧的武器，想必首先映入你脑海的是月牙铲的形象，但其实他的武器更像“擀面杖”，名为降妖宝杖。最初在流沙河收服沙悟净时，书中曾对其宝杖做过详细的描述。该宝杖本是月中吴刚砍伐下来的一根树枝，由鲁班做了改进，在桂木的中心加入了金丝，使得宝杖更加坚韧，再用上万道玉丝缠绕在宝杖外侧，又经过七七四十九天的不断打造，才成就了一根能随心意变化的降妖宝杖。

月中桂树

旧言月中有桂，有蟾蜍。故异书言，月桂高五百丈，下有一人常斫之，树创随合。人姓吴，名刚，西河人。学仙，有过，谪令伐树。

——《酉阳杂俎》

提到有熊熊大火的山峰，人们通常会想到《西游记》中的火焰山，但火焰山中的火焰可以通过“芭蕉扇”克制。而在南荒外，则有座名副其实的“火焰山”，那里的火虽因雷电而起，却没有任何方法可以将之熄灭，就算狂风骤雨也无法做到。整座山中没有任何动物与植物的生长痕迹。一种很像树木燃尽后的样子的不烬木成了这座山中神奇的存在。山中的火昼夜燃烧，导致这里空气灼热，氧气稀薄。不烬木在火焰中生生不息，周身被火焰包围，有见闻者也只能大致判断其外貌。

不烬木的枝干黑红相间，黯淡的颜色使它们在大火中并不明显，但是它们悄无声息地长满了整座火山。不烬木依靠温度生存，温度越高，它们生长得越茂盛，它们可以在火焰中提取自己所需要的营养，因而火焰对它们来说更像是一种天然养料。

不烬木没有花叶和果实，只有树干和枝条。因为没有多余的负担，树木可以生长得更加强壮，也不需要过多的养料。其树枝柔软，可以随意交错攀附，它们并不像正常树木一样向上生长，而是紧贴着地面匍匐前行。大量的不烬木将火山层层包裹住，久而久之，山体的高度也在不断增加，现在火山的高度已经超过了之前的记录。繁衍生息的不烬木为原本死气沉沉的火山提供了生长的动力。

降雨可以给不烬木提供水分，因此雨后不烬木生长得更为迅速。在暴雨和烈火中，不烬木会在一夜之间长出多条新的枝干，同时也会有旧的枝条枯萎。不烬木一旦死去，就会丧失在火中生存的能力，会被烈火不断侵蚀，直到化为灰烬，成为其余不烬木的养料。

不烬木

南荒之外有火山，长四十里，广五十里，其中皆生不烬之木，昼夜火烧，得暴风猛雨不灭。

——《神异经》

古老的波斯国是伟大文明的缔造者之一，它位于伊朗高原。高原虽多被沙漠所占据，却仍有绿植存在。在波斯波利斯宫殿的周围，存在着耕种的痕迹，这里生长着一种名叫婆那娑的植物，树上生长着婆那娑果实。这种果实在今天被叫作波罗蜜。

记录在《酉阳杂俎》中的婆那娑和我们今天所知的波罗蜜并不相同。生长在波斯国的婆那娑树，树高十余米，树干为青绿色，从树的根部呈螺旋式向上生长且没有主干。叶片零星地生长在树干上，红色的叶柄在蓝色叶片的衬托下显得极为明显。婆那娑树没有花朵，果实直接依附在树干上，大小与冬瓜差不多，红色的果实上带有硬刺，人类和许多野生动物通常不会选择将婆那娑当作自己的食物。但实际上婆那娑的果肉十分可口，将坚硬的果壳剥去后，便能看到数枚柔软的果实簇拥在一起。果实味道甘甜，且营养价值高。果实的果核有两层，第一层为外核，形状、大小都与红枣相同，砸碎外核后会看到栗子大小的内仁。内仁的食用方式有很多，可以直接食用，也可以作为做菜的辅料，将内仁炒过后食用，味道会更加美味。婆那娑是从果肉到果仁全部都可食用的美味，又因在波斯国较为稀少，所以成了十分珍贵的树种，当时只有国王才可以享用婆那娑，并且国王会将婆那娑当作进贡的宝物之一，用以体现国家的富足和自己的虔诚。

婆那娑树

婆那娑树，出波斯国，亦出拂林，呼为阿萨䩞。树长五六丈，皮色青绿。叶极光净，冬夏不凋。无花结实，其实从树茎出，大如冬瓜，有壳裹之，壳上有刺，瓤至甘甜，可食。核大如枣，一实有数百枚。核中仁如栗黄，炒食之，甚美。

——《酉阳杂俎》

祁连山是较有名气的神山之一，山脉自西北向东南延伸，地形十分多样。山上物种丰富，植被也应有尽有。祁连山壮丽的景色吸引了无数游人，文人的作品中也多有祁连山的痕迹。因为祁连山占地面积广阔，道路崎岖险阻，导致许多人会在山中迷失方向。

在山中迷路的人通常会碰到同一种情况，就是在不知不觉中看到一棵果树，因为树上的果实比较特殊，此树被称为四味木。只要四味木出现，迷路之人就会得救。只要吃下几颗树上的果实，迷路者瞬间就可以拥有饱腹感，且不再感到饥渴难耐。果树的突然出现，令游人自然而然地想到这是山神的馈赠。关于四味木，有着不成文的规矩，便是只能在树下食用其果实。但凡有人折下枝干试图带走，树枝就会在他们手中消失不见，树木也会随之消失。所以很少有人打这种神树的主意，通常都会在树下食用完果实后就离开。

四味木的果实很奇怪，用不同的刀砍下果子，味道有所不同。果树虽然低矮，但是若不用刀劈，果实便取不下来。其果实的形状类似普通的红枣，若是用竹子所做的刀劈下果实，果实的味道则是甜的；若是用铁质刀具劈下果实，其味道则是苦的；若是用木刀劈下果实，其味道则是酸的；用芦刀劈下，则是辣味。

一棵四味木就仿佛人生一场，四味皆有。用同一种方式对待它，只能品尝到同一种味道，当你尝试不同的面对方式时，就会得到多样的结果，枯燥平淡的人生瞬间会变得多彩可期。但这种想法并不会经常出现，就像四味木的出现一样。只有独自静下来思考时，你才会发现原来自己还有很多选择。

四味木

仙树，祁连山上有仙树实，行旅得之，止饥渴。一名四味木。其实如枣，以竹刀剖则甘，铁刀剖则苦，木刀剖则酸，芦刀剖则辛。

——《酉阳杂俎》

菩提树生长在摩伽陀国中，释迦牟尼佛祖成佛之时，便在菩提树下，因此菩提树的另一个名字叫思惟树。释迦牟尼成佛后，菩提树始终枝繁叶茂，即便到了冬季，也不会枯萎。直到佛祖涅槃之日，树叶才开始枯黄，一夜之间尽数凋零。但它在几日之后便长出新芽，重获新生。在此期间，该国的国王与人民大办了一场佛事，并且将掉落的叶片一一收回，供奉在家中，祈求祥瑞。因为菩提树的神圣，很多寺庙都建在其周围，树下银塔围绕，国民也经常会绕树举行盛大的仪式。

许多人都对菩提树充满了好奇，但也有人试图毁坏它。曾经为古印度帝王之首的阿育王，曾下令砍伐菩提树的树枝，并且命人用大火烧毁菩提树。结果在被大火焚烧时，菩提树虽然枯萎，却没有倒下，并且菩提树的周围长出了两棵树苗。阿育王因此对菩提树产生了敬畏，命人不许再破坏菩提树，同时在树的周围砌起了一层石墙。

到了设赏迦王时期，这棵菩提树再次遭受劫难——国王命人将树挖出，但是直到挖到黄泉，都没有挖出树根。国王一气之下选择用火烧，并且加了甘蔗的汁液，促使大火烧得更旺。大火过后，菩提树被烧焦，树上多是溃烂的痕迹。阿育王的曾孙满胄王知道了这个情况后，用千头牛的奶水浇灌养育菩提树。两天后，菩提树再次复活。随后满胄王将菩提树周围的石墙增高，以更好地保护菩提树。玄奘西行，到达菩提树前，看到菩提树比曾经增高的石墙还要高出两丈。

菩提树

菩提树，出摩伽陀国，在摩诃菩提寺。盖释迦如来成道时树，一名思惟树，茎干黄白，枝叶青翠，经冬不凋。至佛入灭日，变色凋落，过已还生。至此日，国王、人民大作佛事，收叶而归，以为瑞也。树高四百尺，下有银塔，周回绕之。彼国人四时常焚香散花，绕树作礼。贞观中，频遣使往，于寺设供，并施袈裟。至高宗显庆五年，于寺立碑，以纪圣德。此树梵名有二：一曰宾拨梨婆力叉，二曰阿湿曷咃婆力叉。《西域记》谓之卑钵罗，以佛于其下成道，即以道为称，故号菩提婆力叉，汉翻为道树。昔中天无忧王剪伐之，令事火婆罗门积薪焚焉。炽焰中忽生两树，无忧王因忏悔，号灰菩提树，遂周以石垣。至设赏迦王，复掘之，至泉，其根不绝，坑火焚之，溉以甘蔗汁，欲其焦烂。后摩揭陀国满胄王，无忧之曾孙也，乃以千牛乳浇之，信宿，树生如旧。更增石垣，高二丈四尺。玄奘至西域，见树出垣上二丈余。

——**《酉阳杂俎》**

白蓉生长在仑者山里。仑者山盛产金属和玉石，生长在山中的白蓉始终是光秃秃的，只有树干，没有叶片，不开花朵，更不结果实，这种树的外貌让人看到就不想靠近。它的树枝向中心弯曲生长，树上有红色的纹理，纹理的形状就像人类的眼睛。树木内有红色的汁液，从纹理中渗出。从远处看上去它就像一棵长满人眼的树木，并且源源不断地流淌着血泪。

白蓉虽然看上去十分恐怖，让人不寒而栗，但是它的汁液有很多用途。首先，这种汁液可以食用，不仅味道像糖浆一样甘甜无比，吃了它之后还能永远消除饥饿感。同时它还能令人忘却忧愁的事情，变得快乐而开朗。

这种汁液除了能食用以外，还可以用来晕染玉石。被白蓉的汁液浸染的玉石会变成透亮的红色，并且不易损坏。佩戴上这种玉石之后，人也会时时刻刻感到开心，不会再被烦恼的事情所打扰。所以，即使白蓉的外貌并不被人接受，但因它本身带有神奇效果，仍令人对它喜爱有加。

白䓘

又东三百七十里，曰仑者之山……有木焉，其状如穀而赤理，其汁如漆，其味如饴，食者不饥，可以释劳，其名曰白䓘，可以血玉。

——《山海经·南山经》

招摇山耸立在西海边上，山中桂树成林，祝馀成片。丽麐水就发源于这座山，随后向西注入大海。在这座物产丰富的山中，还生长着神奇的迷穀树。

迷穀的形状像构树，叶片宽大，叶脉为红色，十分醒目。树上开红花，花瓣纤细，雄蕊明显。对于整棵迷穀树来说，其枝干是最不寻常的。迷穀的枝干上长有黑色的纹理，能发出照耀四方的光芒。无论是光线充足的白天，还是漆黑一团的夜晚，迷穀都可以发出光芒。如果将迷穀的枝干折下佩戴在身上，人就不会迷路。佩戴迷穀之后，人的脑海中便会自动判断行走的路线，即便是在一个人生地不熟的地方，脑海中依旧会浮现这个地区的所有路线图。

在夜间的招摇山中，处处都能清楚地看到迷穀发出的光芒。这种光芒长存不灭，即便是被人摘下的迷穀树枝，也可以持续发光数月之久。迷穀的生命力顽强，可以在各种环境下生存，所以迷穀树也被大量栽种在庭院中，成了每户人家庭园中不可缺少的“装饰品”。招摇山的居民对于迷穀的喜爱，自然不言而喻了。

迷榖

南山之首曰䧿山。其首曰招摇之山……有木焉，其状如榖而黑理，其华四照，其名曰迷榖，佩之不迷。

——《山海经·南山经》

符禺山出现在《山海经·西山经》中，是座矿产资源丰富的山峰。这座山的南边盛产铜，北边则富含铁。山上有种名叫文茎的树，树上开红色的花朵，等到秋天结果时，树上就会出现如同红枣一般大小的果实。果实为黄色，外形看上去十分恐怖，就像婴儿的舌头一般，但是味道甘甜爽口。所以，即便果实长相丑陋，文茎仍备受符禺山区人民的喜爱。但是，其果实内部的汁液较为黏稠，如果沾到衣物上清理起来十分困难。

文茎依靠动物来传播种子，当鸟类食用完它的果实之后，黏稠的果汁会沾到其羽毛上或者喙部，它们只能借助摩擦树皮或草坪来清理自己。文茎的种子也就因此被带到了不同地区，开始繁殖并生长。

虽然每棵文茎树的分枝较少，但是其凭借着自身强大的繁殖能力，将自己的种群逐渐扩大，使其最终分布在了符禺山之外的许多地方。

文茎的好处也渐渐被大家所知晓——服用文茎的果实可以令人不再迷惑，在遇到问题时迅速想出解决方法；遇到需要做出选择的事情时，也能够较快地决定选择对象。文茎的出现提高了人们的办事效率，它慢慢成了帮助人们解决问题的植物。

文茎

又西八十里，曰符禺之山……其上有木焉，名曰文茎，其实如枣，可以已聋。其草多条，其状如葵，而赤华黄实，如婴儿舌，食之使人不惑。

——《山海经·西山经》

《山海经·西山经》中西方第三列山系之首名叫崇吾山。崇吾山人杰地灵，是处风水宝地，山中动植物种类繁多。

山中生长着一种树，它的叶片为正圆形，花萼为白色，花朵为红色。花朵上长有黑色的纹路。这种树通常在春天开花，夏天结果。其结出的果实像枳果一样，呈饱满的圆形。果实的大小差异较大，顶部微凹，且外部带有环圈。虽然这种树的花朵没有气味，但是其果实成熟后能散发出淡淡香气。

其果实可以有效地调整人的身体，只要吃上一颗，就可以享受儿孙满堂的幸福。所以当地人在成婚时为了祈求开枝散叶，夫妻二人会一同服用这种果实，以保证可以顺利产下儿女，为祖上积福。因为至今不知道这种树的名字，所以在这里我们便称它为异木了。

异木

西次三山之首，曰崇吾之山……有木焉，员叶而白柎，赤华而黑理，其实如枳，食之宜子孙。

——《山海经·西山经》

峚山上漫山遍野都是丹木。山上仙气缭绕，盛产美玉。黄帝曾挑拣山中的美玉精华栽种到钟山中，从而得到了五彩玉——瑾和瑜。这种玉石佩戴在身上可以抵御妖邪的侵扰，因此成了神仙和鬼怪们竞相寻求的灵物。

峚山上宝物众多，丹木就是其中之一。丹木的枝干为红色，叶片、果实与花朵都十分秀气。叶子为圆形，黄色的花朵零星地点缀在枝头上，红色的果实挂满整根树枝。丹木的果实味道甜美，但是因为大多长在树木顶端，所以需要用竹竿等工具采摘。吃了丹木的果实之后，饱腹感可以持续数年之久。丹水从丹木林中缓缓流出，水中有大量的玉膏涌出。伴随着玉膏的产生，大量雾气弥漫在丹木林中，如梦似幻。黄帝就经常在丹木林中散步，也会在丹水中找寻玉膏来服用。玉膏为流动形态，对人和植物都十分有益，黄帝经常将过多的玉膏打捞出，用以灌溉丹木。经玉膏水培育的丹木长得玲珑剔透，比其他自然生长的丹木多了几分灵气。

而且，这种丹木长到五年之后，花朵的颜色就会从单一的黄色转变成五种颜色，每种颜色的花朵，清香程度也不尽相同。其果实也会变得更加圆润饱满，不时传来阵阵清香，且味道更加甘甜。

丹木

又西北四百二十里，曰峚山，其上多丹木，员叶而赤茎，黄华而赤实，其味如饴，食之不饥……是有玉膏，其原沸沸汤汤，黄帝是食是飨。是生玄玉。玉膏所出，以灌丹木，丹木五岁，五色乃清，五味乃馨。

——《山海经·西山经》

昆仑山是天帝建在下界的都城，山中多重兵把守。山中也有很多危险的动物占据着洞穴，比如吃人的猛兽土蝼，以及可以加快植物死亡的鸟类钦原。普通的花草或者野兽在山中都难逃死亡的命运，只有不凡的动植物才能在山中存活下来。沙棠树就是这些不凡植物中的代表之一。

沙棠树的外形像棠梨树，树干中心部分为镂空结构，但树干中心的空缺不影响其整体生长。它的枝干柔软，因此生长的姿态也较为婀娜。其花朵为黄色，结红色的果实，果实内部没有果核，味道和李子相似。

这种树生长在水边，仿佛在暗示自己的神奇之处。食用沙棠树的果实能让人轻松地学会游泳，无论水中出现什么情况，水中的人都能保持漂浮不沉。在洪涝灾害严重的地区，沙棠树的果实便是保命利器，人们甚至认为这种果实可以预防水患。沙棠树的树干可以用来制造船只，用这种独特材料制造的船只能抵抗狂风暴雨的袭击，在任何情况下都不会翻船，而是稳稳地漂浮在水面之上，这使得沙棠树成为很多出海远洋船只的首选材料。

沙棠树

西南四百里，曰昆仑之丘，实惟帝之下都，神陆吾司之……有木焉，其状如棠，黄华赤实，其味如李而无核，名曰沙棠，可以御水，食之使人不溺。

——《山海经·西山经》

《山海经 · 西山经》中有座中曲山。山上物产丰富，山南出产大量的玉石，山北出产雄黄、白玉以及金属。櫰木便生长在这诸多的玉石金属之间。

櫰木属于分枝较多的树木，树枝上生长着圆形的树叶，叶片掉落之后才会开始开花结果。其果实为红色，单独生长在新枝上，随着新枝干的生长，果实的数量会逐渐增加，待成熟后，其形状、大小与木瓜类似。又因为新生枝干无法支撑果实的重量，成熟的果实就会随着枝干一起掉落在地上。

櫰木的果实外壳坚硬，即便掉落在地也不会受到损伤。其果实无籽，果瓤充实，坚硬的果壳需要借助工具才能打开。人吃了其果实之后，会变得力大无穷，为山中的生产生活提供较大的帮助。果实服用得越多，力气也就越大，不断食用，就会有源源不断的力量产生，让人不会感到疲惫，身心愉悦。不幸的是，山中野兽较多，吃了櫰木的果实后其力量也会增加，所以居民们经常要与山中的野兽做斗争，以保护自己的家园不被破坏。

櫰木

又西三百里，曰中曲之山，其阳多玉，其阴多雄黄、白玉及金……有木焉，其状如棠，而员叶赤实，实大如木瓜，名曰櫰木，食之多力。

——《山海经·西山经》

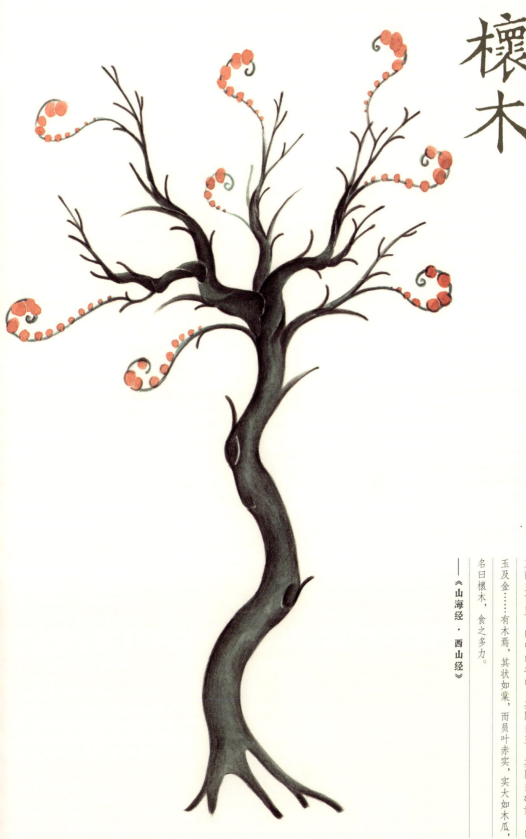

欧丝野是一个盛产丝绸的国家，国家的东部有片沙洲，沙洲上盛产美玉和黄金，整座山都是财富的象征。但是沙洲附近几乎没有植被生长，除了三棵古怪的桑树。这三棵特殊的桑树紧紧缠绕在一起，同生同长，故名三桑。树木乍看上去像是已经枯萎，却在近百年来悄无声息地生长到了百余丈之高，被当地人称作神树。

在欧丝野经常可以看到女子跪倚在桑树下吐丝。作为一个主要生产丝绸的国家，这里几乎人人都会吐丝，然而这种技能并不是与生俱来的。在欧丝野，每一个过“百天”的婴儿都要被带到三桑树下进行洗礼。在洗礼的过程中，人们会将三桑树的树脂与婴儿自身的鲜血相结合，等到婴儿长到五岁之后，便可以开始吐丝了。

三桑树虽没有枝叶，无法开花结果，但是其树木本身带有清香，这种香味经常会吸引金乌、凤凰等灵兽的光临。如果孩子在“洗礼”的过程中正巧赶上这些奇兽的到来，这个孩子以后就会吐出五光十色的丝，制作出来的绸缎也将价值连城。欧丝野的国民依靠三桑的力量过着富裕的生活。

三桑

有三桑无枝，皆高百仞。

——《山海经·大荒北经》

《山海经·东山经》中记载说，东方第四列山系中的第一座山名叫北号山。这座山坐落在北海边，食水从山中发源，在山下汇聚后向东北流淌，最终注入大海。食水养育着山中的万物。有很多不太友善的动物盘踞山中，例如食人野兽獦狚和吃人怪鸟鬿雀。众多凶猛野兽的存在令附近的居民闻风丧胆，很少有人进入山中。当然，也有不少迷路之人误闯此山，或者抱着好奇和侥幸心理来到山中寻找一种神奇的树木。

这种树木长得就像普通的杨树。它开红色的花，结像枣类的果实，但是与红枣不同，这种树的果实没有果核，大小也要比红枣大得多。果实的味道酸甜可口，口服或者在泡澡时使用，都可以有效地治疗疟疾。

这种树木通常都生长得枝繁叶茂，成片生长时枝干经常会“打架”，交叠生长的树木会形成一片层林叠嶂的森林。因为山中环境凶险，去往北号山的人寥寥无几，所以这种树木至今仍没有名字，提起它也只能唤作“无名树”。

无名树

东次四山之首，曰北号之山，临于北海。有木焉，其状如杨，赤华，其实如枣而无核，其味酸甘，食之不疟。

——《山海经·东山经》

《山海经·东山经》中记录的东始山中生长着芑树。这种树的外形像杨树，树木本身的汁液为红色，且渗透力较强，渗透到树干表面之后干涸，会在树上留下红色的纹理。这种像血一样的汁液布满树身，让人心生恐惧。

芑树不会开花结果，它唯一可以使用的部分，恰恰就是这些像鲜血一样的汁液。将这种汁液涂抹在马匹身上后，再难以驯服的马，都会变得温顺无比。在马作为重要的交通工具的古代，这种树木备受欢迎。

芑树的汁液虽有奇效，但其在马匹身上能保持的时间并不长。一旦脱离这种汁液，马匹便会立刻恢复最开始的性格。为了得到更多的汁液，采集者们通常都选择直接将年迈的树木砍掉，从而得到大量的芑汁。他们将汁液带回倒入盐水中搅匀后加热，等水温下降些后，就将其涂抹到马匹身上。盐水有较好的固色作用，再加上汁液本身不易清洗，涂抹到马匹身上后在短时间内不会有掉色的现象。因为这种树木的存在，东始山的居民几乎人人都会骑马出行。

芑

又南三百二十里，曰东始之山，上多苍玉。有木焉，其状如杨而赤理，其汁如血，不实，其名曰芑，可以服马。

——《山海经 · 东山经》

过目不忘是很多人都想拥有的技能。在《山海经》所记载的中央山系中有座历儿山，山上生长的枥木可以让人拥有这种本领。

枥木生长在水边。一些生长茂盛的枥木，枝干甚至会生长至水中。枥木没有主干，从根部便开始分枝生长。每根方形枝干的粗细都不相同。四散生长的枝干上长有绿色的叶片，盛开着黄色的花朵，叶片生长在枝干最顶端，花朵生长在分枝处。花瓣上带有茸毛，一旦沾染上便会觉得奇痒难耐。

枥木的果实更像楝树的果实，为椭圆形，吃下后能让人增强记忆力。枥树上的果实繁多，但每颗果实所产生的效果不同，也就导致了其增强记忆能力的效果不同。所以，为了保证最佳的记忆力，当地人通常会频繁地服用枥木果实。

但是记忆力过强也有弊端，许多不愉快的事情都无法随着时间的流逝而被淡忘，甚至每时每刻都是记忆犹新的状态。时间越久，这种弊端便会越明显。久而久之，人们对枥木果的需求量便急剧减少。除了一些上了年纪的老人，很少有人愿意依靠这种果实来增强自己的记忆能力。

枥木

又东二十里，曰历儿山，其上多橿，多枥木，是木也，方茎而员叶，黄华而毛，其实如楝，服之不忘。

——《山海经·中山经》

《山海经·中山经》中所记载的阴山中产有大量的磨刀石。山中有条名叫少水的溪流，溪中布满了五彩斑斓的石头。溪流旁生长着茂盛的雕棠树。雕棠树倾斜着弯曲生长，摆出一副柔美的姿态，紫色的树干给树木增添了些许神秘的色彩。

雕棠树的树叶结构类似榆树，有明显的纹路，形状为四方形，叶脉醒目，叶面较为光滑，叶柄处有少量茸毛。树上生长的果实如红豆般大小，颜色为鲜红色，没有味道。只需要直接服用，或者饮用浸泡过果实的水，就能够治愈耳聋、耳背等病症。山中有老人的人家，家中都会备有这种果实，只需要食用一颗，便可以永远不再被耳聋所困扰。

虽然野生雕棠生长茂盛，结果率却很低，无法满足山中居民的生活所需。为了保证雕棠的存活率，山中居民逐渐开始将雕棠移植并栽培在不同地方。在经历了不断的探索后，人们逐渐摸清了雕棠的栽种方法和适合生存的地带，使得雕棠树布满了阴山的各个角落，有效地提高了雕棠的结果率。他们还将其果实大量出售给其他地区的居民，老年人的生活质量也随之提高。

雕棠

又北三十五里，曰阴山，多砺石、文石。少水出焉，其中多雕棠，其叶如榆叶而方，其实如赤菽，食之已聋。

——《山海经·中山经》

在中央第二列山系中，有座葌山。葌水从这里发源，一路向北流入伊水。葌山中资源丰富，山上盛产金属和玉石，山下有大量的石青与雄黄。除此之外，山中还生长着一种名叫芒草的树木。芒草的枝干形态有几分像棠梨树，枝干为圆柱形，幼时上面长有短小的茸毛，随着树龄的增长，茸毛会逐渐脱落，等生长成熟之后树干会变成灰褐色。叶片为红色，为椭圆形或者长椭圆形，与树干相同，幼嫩的树叶上长有细小的茸毛，直到成熟时才会脱落。

芒草的叶片颜色鲜艳，掉落在水中后经常被鱼群误食。鱼一旦服用芒草便会中毒，三天内就会身亡。若是不幸吃到这种鱼类，人类也同样会出现中毒现象，轻微者会出现如眩晕、呕吐等症状，严重者会直接丧命。但是人类直接食用芒草则不会发生中毒现象，所以人们认为芒草的毒素需要通过鱼类传播出去。因此山中大量的芒草都被迁移到了远离溪水的地方，山中居民也会尽量避免食用水中生物，在食用水产之前都会认真地用工具对食物进行检查，以免误食中毒。

芒草

又西百二十里，曰葌山……有木焉，其状如棠而赤叶，名曰芒草，可以毒鱼。

——《山海经·中山经》

茇生长在柄山中，柄山上盛产玉石，山下出产铜矿。滔雕水便发源于此山，随后向北流淌注入洛水。茇不仅形状像臭椿，所散发的味道也与臭椿相似。茇的叶片像梧桐树的叶子，形状为心形，叶片双面都长有茸毛，叶柄与叶片长度相同。其果实就像带有果皮的荚果一样，一朵花朵的子房中会四散长出多颗果实，成熟的果实就像盛开的黄色花朵。茇的果实虽然带有毒性，但是主要的毒素来自果实内部的果核，如果处理干净，茇的果实也是一种美味的食物，即便这种味道不是所有人都能够接受的。

茇与芒草一样，也可以毒死鱼类等水生动物，但是它的毒性远大于芒草。只要水中生物将其吃下去，就会中毒并立刻丧命。同时，它也会污染水源，令溪流产生少量毒素。

茇对土壤也有破坏性，其凋落的叶片以及掉落的果实都带有毒素，这种毒素会逐渐渗透到土壤中，让其他植物也逐渐感染上茇毒。柄山中的人对于茇是又爱又恨，为了避免其毒素扩展得太快，他们会定期砍伐茇树，为其他植物的生长提供健康安全的环境。

茇

又西二百五十里，曰柄山……有木焉，其状如樗，其叶如桐而荚实，其名曰茇，可以毒鱼。

——《山海经·中山经》

厌火国是一个野蛮的国家，国人都长着如野兽一般的黑色身躯，其国家名字中之所以有个“火”字，是因为其国民的嘴里可以吐出火焰，火是他们国家最不缺乏的资源。在这个国家北边的赤水河畔，生长着美丽而神圣的珠树。

水岸边生长着三棵最为茂盛的珠树，也可以叫它们“三珠树”。珠树的叶片是由珍珠长成的，洁白明亮的珍珠颗颗分明地挂在整棵珠树上。珠树不结果实，珍珠是树上唯一的装饰品。这种树可以无穷无尽地结出珍珠，随着新生珍珠的长出，成熟的珍珠就会自动脱落，或掉入水中顺流而下，亦或者掉落在树木周围等人来拾。掉落在水中的珍珠会被鱼类、贝类当作食物吃下，所以大多数被打捞上来的水产品的腹中，都能发现珍珠的身影。

傍晚时分，生长在树上的珍珠会逐渐放射出光芒，星星点点的光亮映在水面上。水中倒映着整片夜空，而珍珠的光芒就像空中的彗星一般，可以划亮整片夜空。因为珠树的存在，厌火国总有络绎不绝的游客，只为了一睹珠树的风采。

珠树

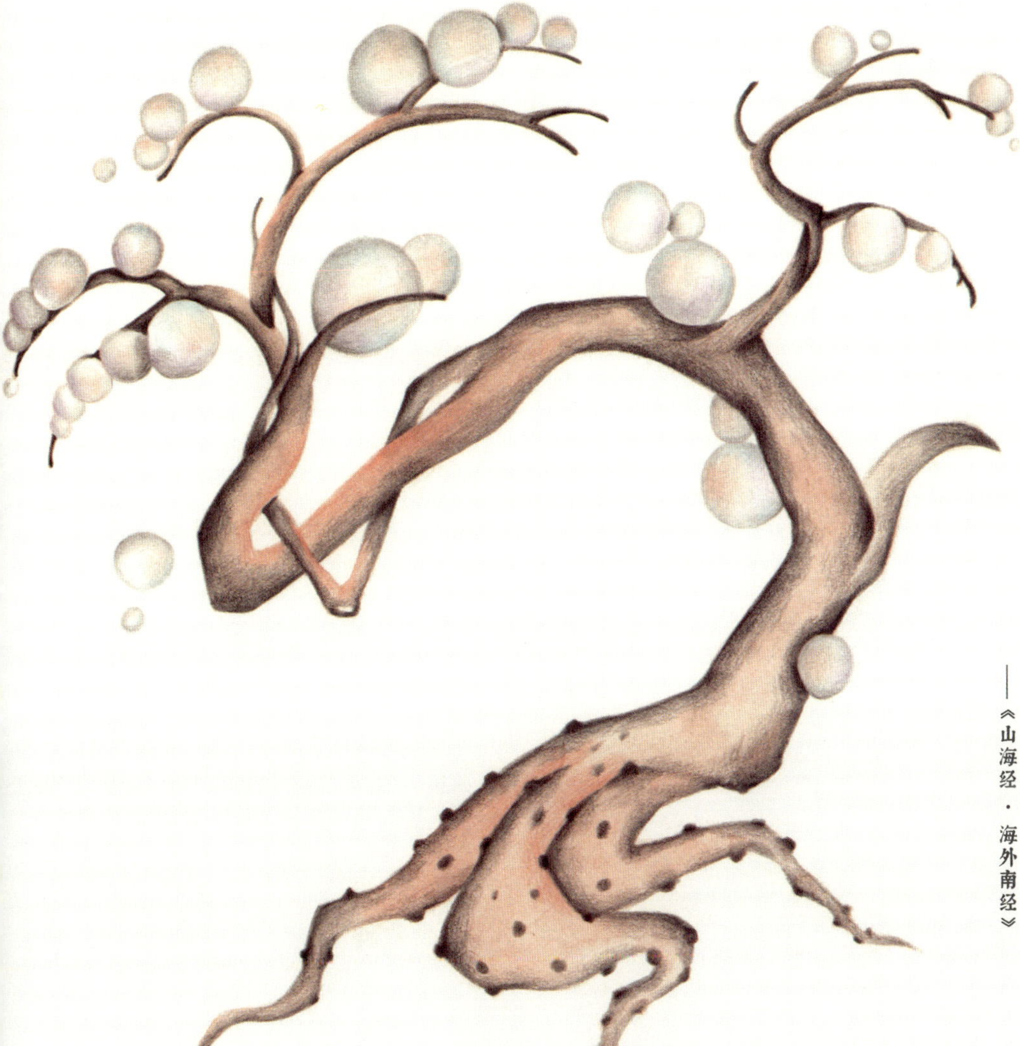

三珠树在厌火北，生赤水上，其为树如柏，叶皆为珠。

——《山海经·海外南经》

对求仙问道始终抱有一腔热忱的汉武帝，即位的第二年便命人设置了一处仙坛，名叫寿灵坛。他经常用这座仙坛祈求自己能长生不老，入列仙班。仙坛高八丈，气势宏大，雄伟壮观。西王母乘坐凤鸟经过时，都不禁为此仙坛高歌一曲，余音绕梁，惹得仙坛旁边的草木一同舞蹈。在这些草木中，属一种垂龙之木最为奇特。

这种树名叫珍枝树，树高十丈，枝干相互缠绕，外观如同腾飞的巨龙，因此汉武帝对它甚是喜爱。树上的树叶是彩色的，数量不多，却十分显眼。珍枝树为常青树，树木不会随着岁月的流逝而枯萎，但是叶片会定期掉落，掉落的叶片遇到土壤就会变成珍珠，化成的珍珠无论颜色还是大小、形状，都与叶片的情况一致。部分珍珠会钻入土壤中，生根发芽，成为珍枝树的种子。珍枝树上还缠绕着树藤，从树木根部缠绕至顶部，树木内部黏稠的红色汁液沿着树藤缓慢流淌，最终悬挂在其尖端摇摇欲坠，营造出一种另类的美感。

珍枝树

元光中，帝起寿灵坛。坛上列植垂龙之木，似青梧，高十丈，有朱露，色如丹汁，洒其叶，落地皆成珠。其枝似龙之倒垂，亦曰珍枝树。

——《汉武帝别国洞冥记》

邓林相传为巨人族的夸父死后其手杖所化。夸父不自量力，试图与太阳竞赛跑步。太阳本是三足金乌，移动迅速，每日乘坐金车在空中巡视。夸父从太阳升起之处一路追赶，在追逐太阳的过程中，因为口渴难耐喝光了黄河、渭河两大河流的水，依然觉得不够。于是又跑向北方的大泽湖，但是，还没有抵达大泽湖，夸父就已经气力耗尽，无法前行，最终死在了去往大泽湖的路上。夸父死后，其尸体变成了一大座山，名为夸父山，手里的手杖幻化成一片桃林，叫作邓林。

邓林中有一汪湖水，它从夸父山中缓缓流出，向北流动，最终注入黄河。依靠着湖水，邓林中的生物逐渐增多，牦牛、羬羊等动物出现在邓林中，同时还有棕树、楠木等植物同邓林一起在夸父山中郁郁生长。邓林的出现造福了附近的百姓，因为林中植物万古长青，成了附近居民主要的食物来源，这里的资源取之不尽，用之不竭。久而久之，“夸父不自量力追赶太阳”的说法也就被淡化了，取而代之的说法是，夸父具有英雄气概，其“逐日”是勇气可嘉的表现。

邓林

夸父与日逐走，入日。渴欲得饮，饮于河渭，河渭不足，北饮大泽。未至，道渴而死。弃其杖，化为邓林。

——《山海经·海外北经》

扶桑树生长在东方的汤谷中。相传太阳的母亲羲和共生下十个太阳，从而成了掌管太阳与时间的女神。她将生下来的太阳，也就是十只三足金乌，放在汤谷的扶桑树上。每天早上她都会驾驶着自己的金车，到扶桑这里来接上一只金乌，自东向西地在天空中巡视，这就是太阳始终东升西落的原因。

扶桑树的名字源自其如同桑树叶一般的叶片形态。神树高大粗壮，树木顶端向上延展通向天庭，底部盘根错节连通着冥界，因此扶桑树还是天、人、地三界的连接点。相传只要找到扶桑树，就可以在三界中自由穿梭，十分神奇。后来人们对于扶桑树为三界枢纽这一点很少在意，反而更加在意它所传递的“太阳文化”。

对太阳的图腾崇拜是我国远古时代的重要神话观念，扶桑树作为太阳的居所，更是先民们崇敬的对象，扶桑树也因此被称为“栖日之木”。扶桑树和栖息在树上的十个太阳，已成为东方的经典图腾。这些图腾经常被雕刻在日常的生活用品或盛大的祭祀用品上。

扶桑

大荒之中，有山名曰孽摇頵羝。上有扶木，柱三百里，其叶如芥。

——《山海经·大荒东经》

下有汤谷。汤谷上有扶桑，十日所浴，在黑齿北。

——《山海经·海外东经》

南极果生长在去痤山中。这种果树生长在山的南边，是一种向阳的植物。太阳升起后，果树的顶部会旋转至太阳出现的方向，同时花朵也会最大程度地绽放，开始尽全力进行光合作用。

南极果的叶片边缘为齿状结构，较为锋利，叶片肥厚且汁液较多，多到会渗出叶片，直接流淌到地面上。这些汁液有明显的护肤作用，只需要将汁液直接涂抹在身上即可起到保养皮肤的作用，而且只需涂抹一次，就会永久起到滋润、美白的作用。南极果的汁液除了对皮肤有帮助以外，还可以滋养头发——将汁液涂抹在头发上，便可以瞬间拥有乌黑光滑的秀发，同时还能预防脱发。要是身体不慎擦伤，涂抹上这种汁液后能够立刻止血，半分钟后伤口便可以愈合。

除去外敷，南极果的汁液还可以直接内服，可以让人容颜不老。南极果虽然可以食用，却不能过量食用，不然会产生轻微的中毒现象。南极果的使用范围较广，功能甚多。使用南极果在当地风靡一时，为了方便采摘，去痤山居民的家门前几乎都有南极果的影子。

南极果

大荒之中，有山名曰去痓。
南极果，北不成，去痓果。

——《山海经·大荒南经》

蚩尤作为上古时代的部落首领，骁勇善战，知人善任，是神话中战神般的存在。他不仅曾将炎帝打败，也曾将黄帝打得连连败退。黄帝因不敌蚩尤，转而向天神求助，才战胜了蚩尤。逮捕蚩尤之后，黄帝便用手铐和脚镣来禁锢蚩尤，并最终将其首级砍下。

在《山海经 · 大荒南经》中有一座宋山。山上生长着一片枫树林，整片枫树林为蚩尤的头颅所化，每棵枫树的汁液都如同鲜血，黏稠而暗红。其中一棵与众不同，被称为枫木，它便是当年禁锢蚩尤的桎梏所化的。枫木的树枝坚硬，树叶为尖锐的利器，树干上长了许多坚硬的刺状物体。枫树林中的其他枫树都会经历正常的生老病死，唯独这棵枫木始终长生不死，仿佛带着蚩尤倔强不屈的灵魂一般坚强地活着。

因为枫木过于尖锐，所以没有人愿意接近它，其周围也没有其他树木。当山风吹过枫木时，仿佛能听到怒吼的声音。人们认为蚩尤的灵魂被禁锢在此，无法逃离，而整片枫树林皆是由蚩尤的鲜血所化的。整片山林阴暗无比，即使是阳光灿烂的日子，接近这片树林依旧会让人感到刺骨的寒意，所以大家也都不再去观赏了。久而久之，这片树林便被人们淡忘了。

枫木

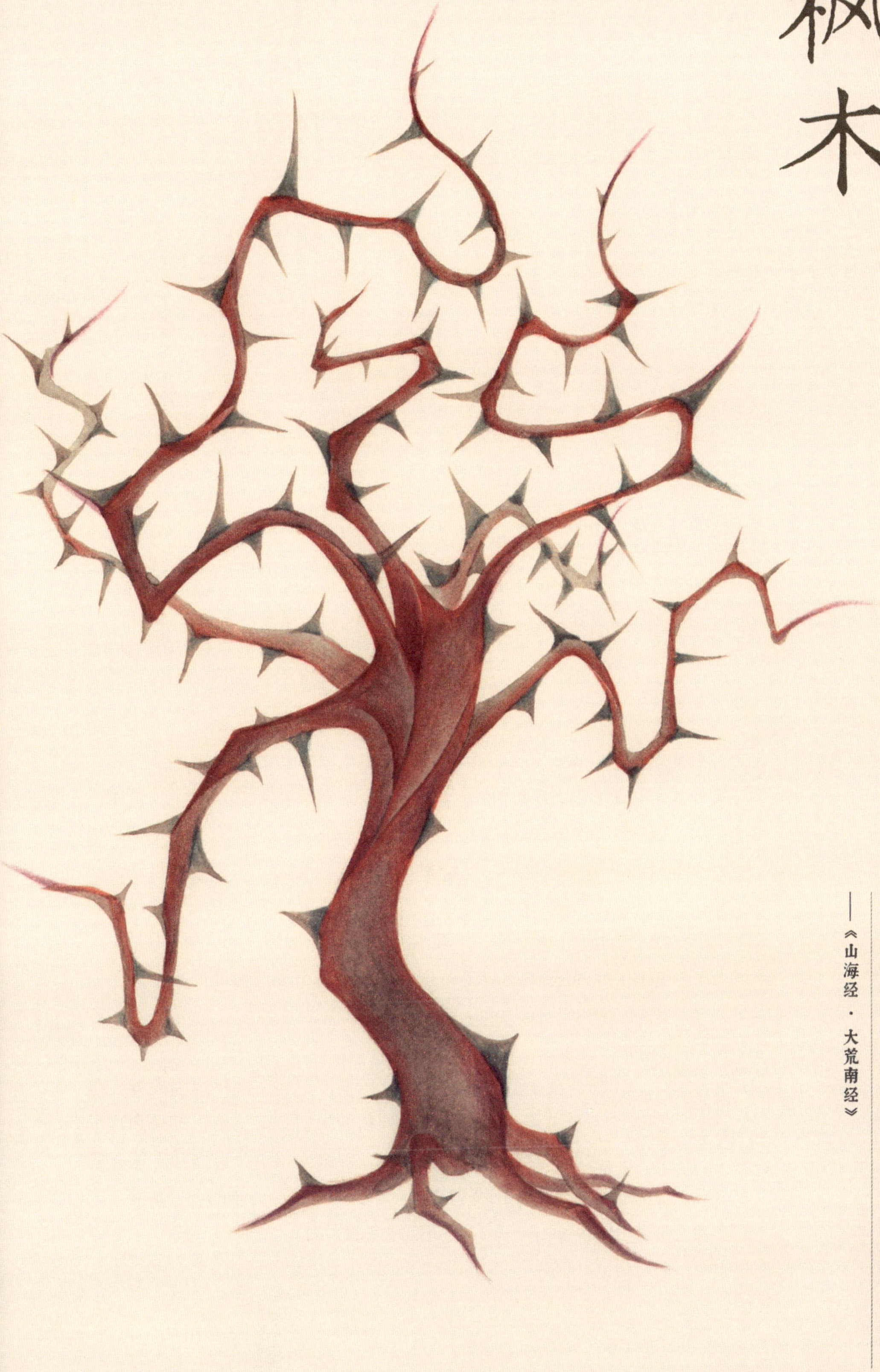

有木生山上，名曰枫木。枫木，蚩尤所弃其桎梏，是为枫木。

——《山海经·大荒南经》

大荒之中有座云雨山。山中常年细雨不断，因为树木扎根极深且可以吸收和存储水分，因而可以在这座山上茁壮生长，树木强大的根系同时也保护着山中的土壤不会被过多的雨水冲走。

山中有一种树，名叫栾。栾树的出现保护了整座云雨山的林木。大禹治水时，得知山中的树木可以防水治水，便心生一计。他派大量的人到这座山中砍伐山中的树木用来抵挡大水。一天，他看到红色的岩石上突然长出了这棵栾树，树干为黄色，枝杈为红色，树枝上生长出来的叶子却是青色的。树木色彩艳丽，十分惹眼，整棵树就像凌空飘浮在空中一般，枝干柔软，随风上下摆动。树枝的顶端弯曲蜷缩，使得整棵栾树充满张力。大禹觉得这棵树非同一般，定然是对自己有某种暗示，于是非常恭敬地带领大家退出了云雨山，另寻他法治理水灾。否则云雨山中的树木被砍伐殆尽，整座山都将被雨水冲走——可见栾树的出现成功地制止了大禹大肆砍伐树木的行为。

伴随着栾树的出现，山中开始盛产草药。栾树周围的草药更是取之不尽，用之不竭。有了神树的指引，诸位帝王都来到这里采药。这里的草药功效非常强，能够瞬间根治多种病症。依靠着栾树的生长，云雨山变得充满生机，为了采药而来的人接踵而至。云雨山最终成了一座以灵药而闻名的大山。

栾树

有赤石焉生栾，黄本，赤枝，青叶，群帝焉取药。

——《山海经·大荒南经》

在盖犹山中生长着甘柤树，树木的枝杈与主干均为红色，叶子为黄色，花朵为白色，花朵常开不败，四季都不会凋零。如果有幸吃下甘柤树的花朵，便可以成为地仙。所谓地仙，就是成仙之后依旧居住在人间的神仙——不仅可以长生不老，还可以腾云驾雾，日行千里。

盖犹山中还有一种名为甘华的神树，其枝干为红色，叶子为黄色。其叶子有强身健体的功效，如果同甘柤树的花朵一同服用，那么成仙之后便能拥有更高的本领。

许多想成仙得道的人都会来盖犹山中找寻这两种树，但这两种树在山林中本身就极稀少，而且若隐若现，移动生长，并不是固定生长在同一地方。所以无缘之人根本看不到其中任何一种树，能够同时找到两种树的概率可以说是微乎其微。

甘柤、甘华

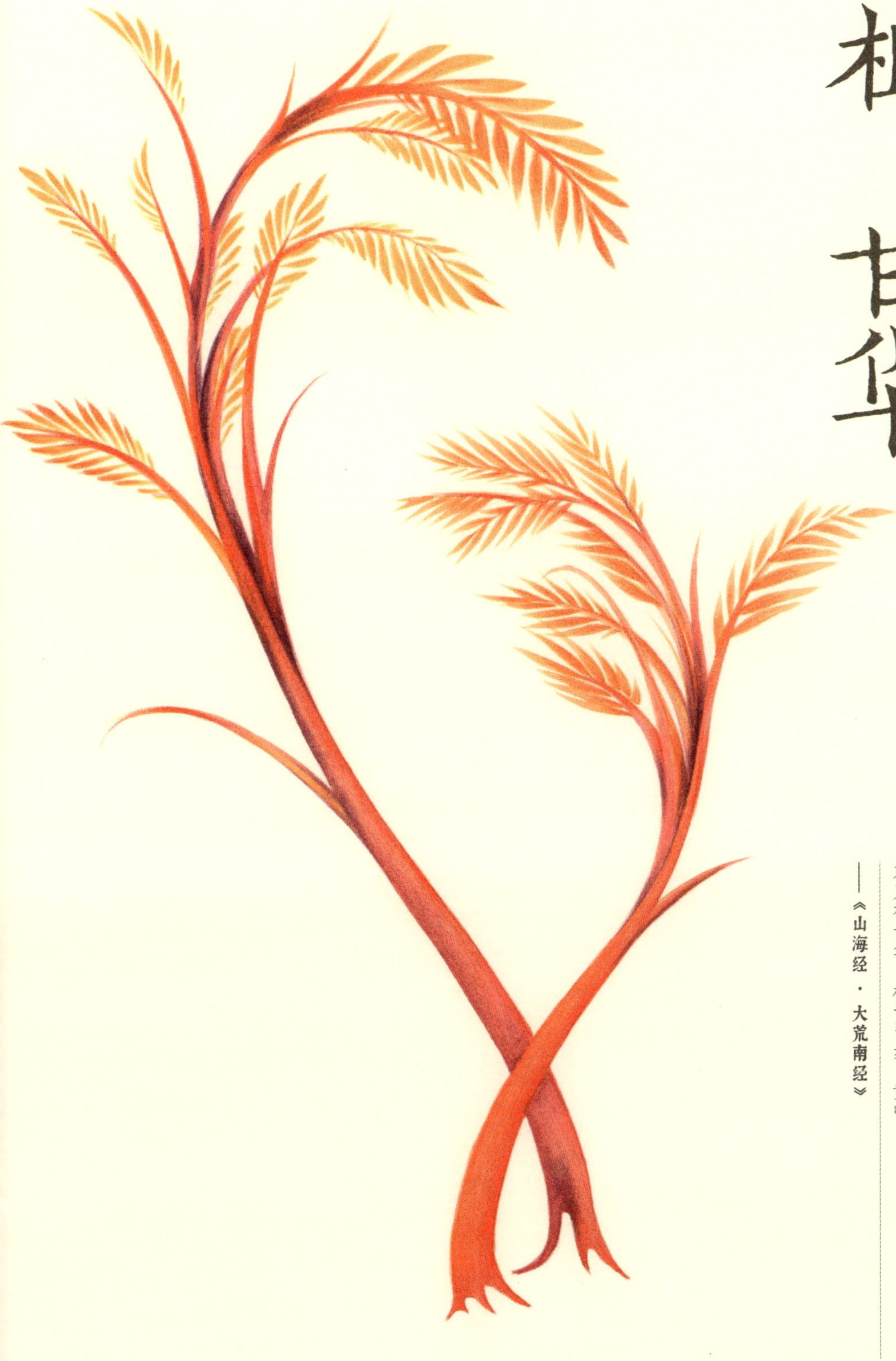

有盖犹之山者，其上有甘柤，枝干皆赤，黄叶，白华，黑实。东又有甘华，枝干皆赤，黄叶。

——《山海经·大荒南经》

柜格松在方山的悬崖边倒垂生长，树高百仞，在呼啸的山风中依旧屹立不倒。无论太阳与月亮移动到什么位置，都可以照耀到方山上。柜格松见证了太阳与月亮的每次升起与落下，所以这棵松树也吸收了自然所给予的灵气，叶片呈金黄色。不仅如此，其枝干尖端到末端的叶片，依次从新月形向满月形过渡。

柜格松每百年便会长出一根分枝，树枝盘曲生长，顶部会向内弯曲，这种扭曲的生长态势让柜格松具有了不凡的灵动感。从日月第一次升起开始，柜格松便已经存在。到现在，其树龄已经达到上万年，甚至更久。

柜格松十年如一日地驻守在方山上，无论四季如何变化，柜格松始终都是耀眼的存在。甚至从其根部长出的草木，都泛着金色的光芒。

柜格松的叶片不仅看上去光芒四射，若能有幸摘下它，就会发现，其叶片可以瞬间变成真正的黄金。但因其生长之地地势险峻，攀登难度较大，所以很少有人能够拾到它的叶片，加上柜格松生命力顽强，产生落叶的可能性更是微乎其微。

柜格松

西海之外，大荒之中，有方山者，上有青树，名曰柜格之松，日月所出入也。

——《山海经·大荒西经》

《山海经·大荒西经》中记载了一个盖山国，朱木生长在这个国家。朱木的生命力顽强，树木虽然高大，但是它的根部为须根，须根向下延伸扎根在深层土壤中吸收水分与养料。朱木幼时树干与枝杈为粉红色，颜色亮丽，成熟后会逐渐变成亮红色。因为颜色均匀，朱木经常会被当作建筑材料或者工艺品的原料在日常生活中使用。朱木的树叶为青色，与树干的颜色形成鲜明的对比，树叶的形状如同祥云，因此被视为吉祥的代表。

朱木依靠自己纤细却又坚强的须根生长，可以存活上千年。在这段时间里，须根每天都要尽力延伸，以保证向高大的树身提供足够的养分。

朱木死后颜色会发生变化，树干会从亮红色逐渐退回到最初的粉红色，树叶却不会凋零。但是被砍伐下来的朱木不会有颜色的改变。颜色发生变化之时，预示着朱木已经走完了它的一生。它用了千年的时间，让自己在这片山林之中生根，最后依然屹立不倒，岿然不动地留存千年之久。

朱木

有盖山之国。有树，赤皮支干，青叶，名曰朱木。

——《山海经·大荒西经》

传说扶桑生长在东方，而若木生长在西边。东方是日出之处，而西方则是日落之地。

若木本身并不高大，红色的树枝上长有青色的树叶，叶片首尾较窄，中部微宽。叶片表面长有虎纹，且叶片数量较多，从而掩盖了树木上的枝杈。花朵为红色，多为双数花瓣，中心花蕊较为明显。

若木的花朵被称为若华。这种花朵在太阳升起时会吸收阳光，等到太阳到达自己身边休憩时，它们自身便会开始散发光芒。即使太阳离开后，它们依旧可以散发出耀眼的光芒。若华的花瓣较为柔软，整体较为蓬松，触感就像盛开的棉花一样。

若木生长在日落之处，太阳在进行了一天的巡视之后，不会立刻返回东方的扶桑树上休息，而是会躲藏在若木中小憩一下。若木在充分地吸收了太阳的光和热之后，会生长得更加茂盛。

现今扶桑与若木被我们视作同等级的神树，就是因为它们都与太阳有关。太阳辅助乾坤万物的生长，作为能够给太阳提供休憩住所的植物，若木的重要程度以及其在人们心中的形象自然不言而喻。

若木

大荒之中，有衡石山、九阴山、灰野之山，上有赤树，青叶，赤华，名曰若木。

——《山海经·大荒北经》

不死树生长在不死国的员丘山中。其整棵树看上去光秃秃的，只有错综复杂的树干，无花无叶更无果实，因此树干不用将吸收到的养分分散给其他部位。纯白色的不死树就像员丘山中常年存在的精灵，守护着整片山林。望文生义，其之所以取名“不死树”，就是因为它可以永生不灭，不会经历生老病死的折磨。若是将不死树的枝干砍下，它会迅速长出新的枝芽，树干也是随砍随长，生生不息。

不死树除了树木本身可以长生之外，若将其枝干研磨成粉并冲泡喝下，也可以使人长生不老。不死国的国民依靠着神树的力量，不仅可以长生不老，还能抵御怪物的侵扰。大家认为它带来的奇效是西王母的馈赠——西王母作为不死药的“代言人”，拥有长生不死的本领，也保佑着服用不死药之人的身体健康。因此，不死国的国民不仅可以长生，而且能永久保持福寿康宁的状态。

许多人都想去不死国，试图求取长生不老药，但是所有去找寻这个国家的人都无功而返。关于不死树的传闻，也只是通过口口相传，流传至今。

不死树

员丘山上有不死树，食之乃寿。

——《博物志》

百丈竹高百丈，生长在止些山中。止些山漫山遍野都被竹子所覆盖。百丈竹的直径比普通竹子要大很多，其地下茎横向生长。地下茎的竹节上会长出许多须根或者竹芽，一些嫩芽茁壮成长，最终钻出地面，生长为百丈竹。

百丈竹的竹节较为明显，呈莲藕状，竹节处会长出叶片，叶片多为剑状，有的还会开出娇小的花朵。百丈竹自身带有清香，并且可以飘香数百里。这些竹生长迅速，可以为动物们提供源源不断的食物，因此止些山上从不缺少神兽。山中也常有凤鸟盘旋、休憩，并以百丈竹为食。

百丈竹虽然神奇，却也会经历四季的变化以及生老病死的轮回。它们也会长成春、冬笋，而这些笋的可口程度远高于成熟的竹子。秋冬时节，没能成功钻出地面的竹芽便会成为冬笋；到了春天，刚刚长出一点的笋芽便是春笋。除了成熟的竹子以外，这些鲜美的竹笋也是神兽和凤鸟们喜爱的零食。

百丈竹

止些山，多竹，长千仞，凤食其实。

——《博物志》

斑竹与普通的竹子不同，表面长有泪痕状的花纹，这种花纹并非与生俱来的，其背后有一段凄美的神话故事。

娥皇与女英是上古时期尧帝的两个女儿。尧帝在与舜的接触中发现舜德才兼备，并且为人忠厚正直，于是将自己的两个女儿许配给舜，娥皇与女英从此成了舜的妻子。

舜的父亲对舜一直抱有敌意，其异母兄弟也总想方设法要将舜置于死地。每当舜遇到危险时，两位贤德的妻子都有办法让他化险为夷，因此三人相处得十分和睦，总是形影不离。

舜成为帝王之后，他的两位妻子也就顺理成章地成了妃子。但是好景不长，舜帝在前往南方巡视时不幸死在了苍梧（又名九嶷山）。两位妃子得知此事之后立即前往舜的埋骨之所——九嶷山。因为悲痛万分，娥皇与女英抱竹痛哭，直到哭出鲜血，泪尽而亡。血泪染红了青竹，在竹子上形成了斑驳的泪痕，这种竹子被叫作斑竹。两位妃子也有了一个共同的称呼——湘夫人。斑竹也被唤作“湘妃竹”。

斑竹

尧之二女，舜之二妃，曰湘夫人。舜崩，二妃啼，以涕挥竹，竹尽斑。

——《博物志》

蟠桃是西王母寿宴上的主食。孙悟空大闹蟠桃林，让沉寂已久的蟠桃瞬间走红。在玉帝的蟠桃林中，一共种植了三千六百株桃树。蟠桃共分为三种，每种都有不同的功效。

栽种在最前排的一千两百株桃树，开花时花朵微小，成熟后的果实也较小，从开花到果实完全成熟，需要等待三千年。人吃下这种蟠桃后就可以得道成仙，甚至可以学会飞行。栽种在桃林中间的一千两百株蟠桃树，果实需要历经六千年才可成熟，其花朵鲜艳，果实甘甜。人吃了之后不仅会长生不老，还可以瞬间学会腾云驾雾的本领，更能够飞升至天界，成为天仙。生长在桃林最后方的一千两百株蟠桃树最为珍贵，桃树上所结的果实也远少于前两种桃树，从开花到结果要经历九千年的时间。吃了这种蟠桃，不仅可以成仙成佛，更能够与天地同寿，与日月同庚。

蟠桃不仅是普通人可遇而不可求的极品仙物，神仙品尝蟠桃也需要等待时机。每逢三月初三，西王母的诞辰日，昆仑山的瑶池中就会举行大型的蟠桃宴。仙人们争先恐后地为王母娘娘祝寿，同时也不会忘记品尝美味的蟠桃。因仙阶不同，每位仙人品尝到的蟠桃也会有差别。所以，孙悟空将蟠桃园中的桃子一一品尝，着实是走了一条令人羡慕的捷径。

蟠桃

土地道：『有三千六百株：前面一千二百株，花微果小，三千年一熟，人吃了成仙了道，体健身轻；中间一千二百株，层花甘实，六千年一熟，人吃了霞举飞升，长生不老；后面一千二百株，紫纹缃核，九千年一熟，人吃了与天地齐寿，日月同庚。』

——《西游记》第五回

唐代开成年间，河阳城城南有位姓王的百姓。这位百姓家境阔绰，拥有一个小庄园，专门种植一些奇花异草，供亲朋好友赏乐。庄园内的水池旁栽种了几棵巨大的柳树，巨柳四季常青，从不落叶。即便是冬天，柳树依旧生长得郁郁葱葱，极为茂盛。

直到开成末年，柳树的叶片才开始逐一掉落。掉落在池中的叶片瞬间化为小鱼，在池塘中肆意游动。小鱼无论是形状还是大小，都如同柳叶一般，颜色也和掉落的叶片相同。

王氏看到这一神奇的现象极为开心，立刻找人将柳叶鱼捞出做成菜品，让知己好友一同品尝。但令人失望的是，柳叶鱼并没有味道，吃起来味同嚼蜡，所以王氏便放弃了继续食用柳叶鱼的计划。尽管鱼的味道令人失望，但这种突如其来的神奇之事让王氏欣喜不已，他不断邀请好友来自家观赏柳叶化鱼的场景。殊不知，这是祸事将近的预兆。同年冬季，王氏突然被官府带走，卷入了一场官司，自此王家逐渐败落，曾经开满奇花异草的庄园也变得死气沉沉，园中植物尽数枯萎，最终成了一座荒废的庄园。

巨柳

河阳城南百姓王氏，庄有小池，池边巨柳数株。开成末，叶落池中，旋化为鱼，大小如叶，食之无味。至冬，其家有官事。

——《酉阳杂俎》

在常山上，一位名叫娄约的人拥有一座庭院，院前栽种着一棵外貌奇特的树，名叫蜻蜓树。但是树本身和蜻蜓没有任何关系，这棵树的来源也不为人所知。

据说这棵树是一位老妇人栽种的，没有人知道这个妇人的来历，只看到她从山中走来，衣衫褴褛，步履蹒跚。自她出现在世人面前，手中便拿着这棵树的幼苗当自己的拐杖。老人走到这座庭院前，将树苗栽种下去，对围观的百姓说了一次树的名字，便转身走掉，消失在了山林中。

常山百姓觉得此事十分神奇，便一同悉心照顾这棵树。随着时间流逝，蜻蜓树不仅存活了下来，其散发的香味也越发明显。但令人诧异的是，这棵树上不仅没有叶片，树枝也十分柔软纤细，唯一的点缀便是生长在蜻蜓树顶部的一朵花朵。花朵的外观与某种鸟类十分相似，从远处观看，就像一只长有红色羽毛、拖着纤长尾巴的灵鸟在树上休憩。

当地人认为这棵树带有凤鸟的灵魂，所以经常对着这棵树许愿祈祷，偶尔还会对着树拜一拜，以表示自己的虔诚。而这棵蜻蜓树也不负众望地一直存活着，不曾枯萎凋零。

蜻蜓树

娄约居常山，据禅座，有一野妪，手持一树，植之于庭，言此是蜻蜓树。岁久芬芳郁茂，有一鸟，身赤尾长，常止息其上。

——《酉阳杂俎》

战国时期，燕昭王自登上王位起，就不断招贤纳士，开疆拓土，化解了当时燕国内忧外患的局面。他依靠自身的贡献成功地成为战国七雄诸国君中重要的国君之一。燕昭王在自己的宫殿中栽种了长春树，希望借助长春树的寓意，自己可以身体康健，更希望自己所创立的燕国可以经久不衰。

长春树的花朵娇小，树上最为醒目的是叶片。其树叶的形状就像水中亭亭玉立的莲花。从春天到冬天，叶片的弯曲程度不同。春天时，叶片蜷缩得像含苞待放的花朵；到了冬天，叶片会十分舒展，看上去就像竞相盛放的莲花。长春树的花朵四季颜色不同，叶片也会相继变换颜色。春季，长春树的花朵为绿色；等到了夏季，绿色的花朵就会逐一掉落，长出红色的花朵；而到了秋天，红色的花朵就会被白色的代替；秋冬交替时，白色的花朵也会缓慢凋残，最终长出紫色的花朵。当紫色花朵遇到落雪，则会凋谢，等待第二年的重生。长春树如此反复，四季常青又不断变化，有着属于四时不同的风景。

长春树

燕昭王种长春树，叶如莲花，树身似桂树，花随四时之色。春生碧花，春尽则落；夏生红花，夏末则凋；秋生白花，秋残则萎；冬生紫花，遇雪则谢。故号为长春树。

——《述异记》

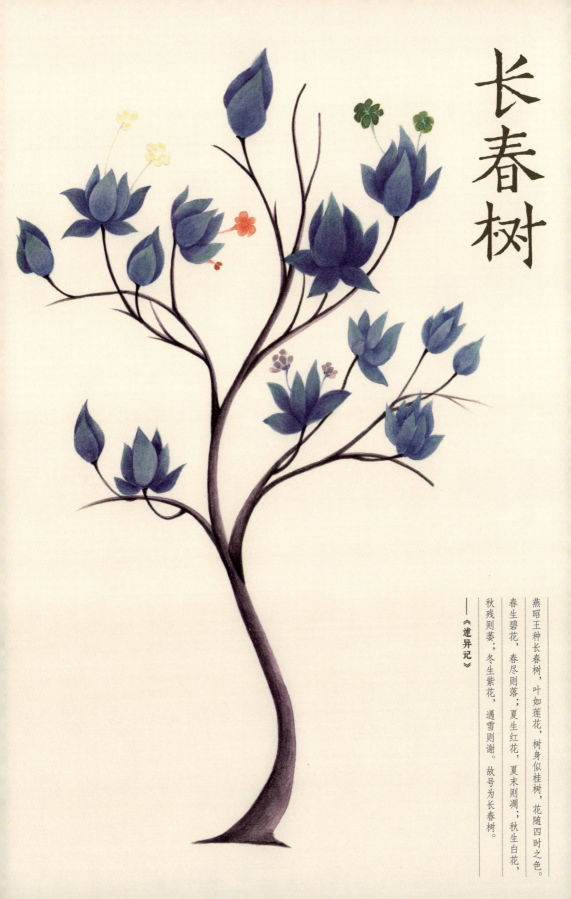

果实

厉害的人物通常会有多个名字，名字的变换在《西游记》中被发挥到了极致。孙悟空在对付金角大王和银角大王两个妖怪时，依靠着“孙行者”“者行孙”“行者孙”等名字成功地骗取了两个妖怪的法宝，同时也旁敲侧击地问出了宝物的来源。关于紫金红葫芦的由来，书中描述得就很详细。在混沌初分之时，太上老君协助女娲炼石补天，当他补到乾宫夬地时，发现昆仑山脚下有一枚紫金红葫芦，便顺势将宝物带回了兜率宫。

由此也可看出太上老君在昆仑山中一定收获颇丰，各种具有神力的植物都能在他那里寻到踪迹，也难怪他宝物众多。这枚紫金红葫芦具有“吸可唤之物”的能力，被叫到名字并回应的人都会被吸进葫芦并被炼化。但紫金红葫芦并非只吸不吐，它还明白主人的心思，会应主人要求将吸入腹中之物再原封吐出。也多亏了这等法力，偷溜出兜率宫的童子才能被太上老君原样带回。

太上老君用来装仙丹的葫芦不计其数，但这枚紫金红葫芦无疑是其中威力最大的一个，所以才会被两位童子当作武器的首选。

葫芦本身是攀爬植物，需要借助外界攀附生长。然而这枚紫金红葫芦只是悬挂在凌空飘浮的葫芦藤上，并没有借助外力而生长。淡紫色的葫芦藤在空中无规则地弯曲，呈现出灵动状态，并且随风上下起伏，随意飘动，自行选择适合生长的外部环境，吸取日月之精华。藤上的叶片形状为心形，且叶柄较长。葫芦本身虽然较为纤细，却可容纳万物。紫色的葫芦上镶嵌着金色的太阳纹饰，在日光的照射下闪闪发光，璀璨夺目。

紫金红葫芦

那魔道：『我这葫芦是混沌初分，天开地辟，有一位太上老祖，解化女娲之名，炼石补天，普救阎浮世界。补到乾宫夬地，见一座昆仑山脚下，有一缕仙藤，上结着这个紫金红葫芦，却便是老君留下到如今者。』

——《西游记》第三十五回

都说“靠山吃山，靠水吃水”，但是江南的诸山郡人却表示对这句话不敢完全苟同。诸山郡虽然依山傍水，物产丰富，但如果不是遇到大灾大难，他们绝不会上山采食任何食材。诸山郡的大山中植物繁多，奇花异草云集。但是食用这些奇怪的植物之后，则会出现不同程度的病症，运气好的能找到治病的良方，运气不佳的则会当场丧命。

诸山郡的山间有许多大树，有的因为衰老枯萎或是自然原因断倒在山林间。湿润的气候和腐烂的大树使得生命力顽强的椹在这些腐木上肆意生长。椹表面有红色的斑点点缀，这也是它们毒性的象征。菌盖的顶部有细长的须状结构，在风中肆意摆动，远观就像一条条吐着芯子的毒蛇，缠绕在倒下的巨树上。椹从外形上就让人不想接近，因此椹的使用者想来也是十分有勇气的。

这种令人没有食欲的植物一直让诸山郡人退避三舍。椹令人恐惧的原因并不仅限于其可怕的外表。在诸山郡建立之初，村里人对诸山郡各处的动植物还不熟悉，经常会出现误食的情况。对于椹的毒性来源，一直说法不一：有些人说椹本身带毒素；也有人说因为其外形像蛇，所以有可能是毒蛇将毒液注入了植物之中；还有人认为生长在不同树上的椹有不同的毒性，曾经有人在食用了枫树上的椹之后发笑不停，直至最后气力不支而亡。为了治疗这种症状，当地开始流行依靠各种偏方治病，后来有高人指点说椹所造成的病症需要服用地浆来解毒，这才使得许多中毒较轻的病人得以康复。之后椹的毒性被传得越来越玄，自此以后人们都对椹退避三舍，再也不敢食用。

椹

江南诸山郡中，大树断倒者，经春夏生菌，谓之椹。食之有味，而忽毒杀，人云此物往往自有毒者，或云蛇所著之。枫树生者啖之，令人笑不得止，治之，饮土浆即愈。

——《**博物志**》

天雨粟并不是一种谷物，而是一种谷物雨。《淮南子 · 本经训》记载：“昔者仓颉作书，而天雨粟，鬼夜哭。”这种天降谷物的奇怪现象曾经发生在许多地方。天雨粟是上天将谷物以“雨”的形式送至人间，每当出现这种现象时，空中会掉落大小不一的农作物种子。小型的种子就像稻谷的种子一般大小，颜色为青黑色，直接品尝会略带苦味；较大的种子与黄豆的大小相同，颜色为黄色，吃起来像大麦的味道。这场雨会连续下几日，色彩缤纷的种子掉落在土壤中就会生根发芽，经过几天的时间便能迅速成长为谷物幼苗，可以将其连着根部与土壤一同移到麦田里进行进一步的培育。谷物的类型多种多样，不同的颜色代表着不同的种类。

天雨粟最开始被认为是一种不祥之兆，每当降临就预示着天下粮食即将短缺，百姓将要遭受饥荒。相传在仓颉造字的年代（黄帝时期），也曾出现过天雨粟。但是那时候大家舍本逐末，不再从事农业耕种，纷纷转向能够赚取蝇头小利的其他工作，甚至连上天所赠的谷物种子都置之不理。结果雨季过后，没有人从事农耕，大地一片荒芜，导致很多百姓饥饿难耐，最后只好再次拿起锄头继续从事农业生产，依靠着天雨粟后存活下来的种子维持生计。

但是上天从不会无缘无故地对人类进行施舍，所以天雨粟始终是一种可遇不可求的现象。从黄帝时期仓颉造字之后一直到秦朝都没有再出现过这种现象。直到汉武帝建元四年，天雨粟的神奇现象才再次出现，当时汉朝国泰民安，即使出现了天雨粟，大家依然积极耕作，使得国力变得更加强盛，国库也极为充足，为后期汉武帝开疆扩土提供了很大的帮助。

同样在汉朝，汉元帝时期也出现过一场天雨粟，这场雨连下了三日，种子也全部生根发芽，茁壮成长。但实际上汉元帝时期天灾不断、朝局动荡，导致百姓民不聊生，而且这场雨过后不久，汉元帝便驾鹤西去了。因此对于天雨粟现象的出现到底有何预兆，到现在还没有定论。

天雨粟

孝武建元四年，天雨粟。孝元景宁元年，南阳阳郡雨穀，小者如黍粟而青黑，味苦；大者如大豆赤黄，味如麦。下三日生根叶，状如大豆，初生时也。

——《博物志》

人参果又名草还丹，看过《西游记》的人当年一定都对那颗有延年益寿功效的人参果垂涎三尺吧？人参果树的灵根和芭蕉扇所依附的太阴之精年龄相同，都是从鸿蒙开辟的时候便开始孕育了。人参果有着延年益寿的作用，只依靠闻果实的香味就可以活到三百余岁；如果可以吃得一颗人参果，则可以活到四万七千岁。

《西游记》中曾提过大地被分成了东、南、西、北四大洲，这个观点借鉴了佛教“四大洲”的概念，但多少有些偏差。人参果树生长在西牛贺洲的万寿山五庄观内，所属之人是大名鼎鼎的镇元大仙。这位仙人对种植果蔬十分感兴趣，在自家的菜园中种植了多种奇植异草，用孙悟空的话说就是“自种自吃的道士”。而对于镇元天仙来说，最为宝贝的就是那棵人参果树。人参果树生长缓慢，要三千年开花，三千年结果，结果后也不能马上食用，还要再等待三千年果实成熟后方能享用。镇元大仙的人参果树历经万年，也才结了三十颗可以食用的果子。唐僧师徒四人到达五庄观时，果树上除去开园时镇元大仙食用的两颗，只剩下二十八颗人参果。

人参果树的花朵为金黄色，红色花蕊纤细且突出。果实生长在花朵的后方，果实形成后花朵不会消失，而是会附着在果实的尾部，直至果实完全成熟。刚结出的果实为青绿色，随着成熟度的增加，果实会逐渐过渡成明黄色，等到果实完全成熟，一个粉嫩的婴儿形象便诞生了。人参果看上去如同蜷缩着的婴儿，可以明显看出面部的五官和身体的四肢，唐僧正是因为果实近乎婴儿形象才拒绝食用的。人参果生性娇弱，与五行相克，所以使用普通的方法是无法摘取到果子的，人参果“遇金而落，遇木而枯，遇水而化，遇火而焦，遇土而入”。因此敲时必用金器，打下来后要用丝帕包裹的盘子盛放，否则无论用什么方法，人参果都无法食用，也无法发挥其真正的效用。

人参果

那观里出一般异宝，乃是混沌初分、鸿蒙始判、天地未开之际，产成这颗灵根。盖天下四大部洲，惟西牛贺洲五庄观出此，唤名『草还丹』，又名『人参果』。三千年一开花，三千年一结果，再三千年才得熟，短头一万年方得吃。似这万年，只结得三十个果子。果子的模样，就如三朝未满的小孩相似，四肢俱全，五官咸备。人若有缘，得那果子闻了一闻，就活三百六十岁；吃一个，就活四万七千年。

——《西游记》第二十四回

旱藕，顾名思义就是不需要长时间生长在水中的藕。旱藕的藕丝较多，且不容易弄断，口感也没有水藕好，但在食物缺乏的年代，没有人会在意口感这件事。那时候许多人会以采摘旱藕为生。

唐代宗时期，高邮有一个叫张存的人，经常翻山越岭到处寻找旱藕。有一次在一处人烟稀少的山坡上，他发现了一根粗壮无比的旱藕，便兴高采烈地开始挖掘。但是张存用了很长时间都没能将这根旱藕完整地挖出来。而此时旱藕露出来的部分已有六米多长，张存向其根部看去，却依旧感觉深不见底。张存决定继续向深处挖，奈何这根旱藕过长，他最终也没能挖到底部，且越挖旱藕的直径越大。张存便换了思路，试图将藕直接拔出，却发现两只胳膊并用也只能将旱藕勉强抱住。

由于试了各种方法都没能将旱藕整个挖出，张存一气之下便将旱藕掰断了。他发现被折断的旱藕声音清脆，藕丝也没有相连，而且藕中还藏着一把长剑。这把剑长六十厘米，颜色为青黑色，但还没有经过打磨，因此并没有刀刃。这让张存欣喜不已，他将长剑连同被挖出来的部分断藕一同带回了家中。

这件事很快就在高邮传开了，很多人都来到了张存家中观赏这把藕中剑，最后有位观赏者，用自己的十捆柴将藕中剑换走了。而孕育这把长剑的旱藕则早已被人们所忽略。只有张存还在试图将藕全部挖出，但最后依然无果而终，藕中也再没有出现其他有趣的东西。

旱藕

成式相识温介云：大历中，高邮百姓张存，以踏藕为业。尝于陂中见旱藕，梢大如臂，遂并力掘之。深二丈，大至合抱，以不可穷，乃断之。中得一剑，长二尺，色青无刃，存不之宝。邑人有知者，以十束薪获焉。其藕无丝。

——《酉阳杂俎》

文宣帝不仅是北齐的开创者，还带领北齐人开疆拓土，创下了一番盛世。天尊芝就是在北齐文宣帝时期出现的一种植物。这仙芝在被发现之初引起了不小的轰动。它长在临川人李嘉胤的家中，其家人无意间发现此芝长在自家房屋的柱子上，又因它的外观与天尊的姿态相似，所以不敢随意摘取。李家人一致认为这是上天赐予他家的一件礼物，因此将它命名为天尊芝。

天尊芝无菌柄，直接生长在枝干上，一根枝干上长有多个伞盖。伞盖颜色鲜艳，多为暖色，每个伞盖的颜色也各不相同。其枝干与木质房柱直接相连，与其说它是菌类，不如说它是一种新奇的植物。它既有菌类的特点，也有树木类植物的枝干。天尊芝的存在很快就在当地传开了，当地太守张景佚知道这件事情后，亲自前往李嘉胤家。为了保证天尊芝的完整性，他命人将长有天尊芝的房柱直接截断，然后借花献佛一般，将这棵天尊芝献给了文宣帝。

天尊芝

天宝初，临川郡人李嘉胤所居柱上生芝草，形类天尊，太守张景佚截柱献之。

——《酉阳杂俎》

传说在已消失的瞻披国中有一种植物，由于至今不知道其果实的真实名字，所以我们将这种果实称为异果。异果的发现源于一个悲伤的故事。瞻披国是以农牧为主的国家，很多国民以牧牛为生。有一天，一位牧牛人在山中放牛时，发现一只走丢后傍晚又返回牛群中的牛，无论外貌还是叫声都发生了极大的变化。牧牛人觉得很奇怪。第二天他便多加留意了这只牛，果然这只牛又独自离开了牛群。这次牧牛人跟随这只牛进了一个山洞，山洞的入口很小，但走几步就豁然开朗了。他发现这只牛走进去后食用了一种果实，这便是开头提到的异果。

异果的枝叶上长有微小却锋利的红刺，果实呈金黄色，生长在绿叶的下方。茂密的绿叶虽将微小的果实覆盖住了，果实的光芒却难以被枝叶所隐藏。虽身处潮湿阴暗的洞内，这种果实却生长得十分好，且可以发出耀眼的光芒，这让牧牛人十分感兴趣，便想将果实取走。当他把异果揣入怀中时，突然从洞的深处跑出来一只可怕的怪物，将其怀中的异果夺走，牧牛人因受了惊吓而逃出了洞穴。出来后他将在洞中的所见说给家人听，却没有人相信他所说的事情。

牧牛人因为异果的吸引，以及想向大家证明自己所述属实，便在第二天重返洞穴，试图将异果带回。但跟上次相同，他刚摘下异果，洞中怪物便出现了，并与他激烈地争抢这颗异果。在抢夺的过程中牧牛人直接将异果吞入腹中，以为会有奇迹发生。但异果并非他所想的灵丹妙药，他最终等来的是自己暴长的身体，巨大的身躯让他无法出洞，只能将头探出洞外，几日后他便死在了洞中，身体化成了石头。家人因牧牛人多日未回而上山找寻，最终在被石头堵死的山洞前看到了自家的牛群，也后知后觉地明白了牧牛人至今没有回家的原因。因为没有人再见到过异果，因此只能凭借当地人的叙述将异果的外观和作用以推测的方式记录出来。

异果

瞻披国有人牧牛千百余头，有一牛离群，忽失所在，至暮方归，形色鸣吼异常，群牛异之。明日，遂独行，主因随之。入一穴，行五六里，豁然明朗，花木皆非人间所有。牛于一处食草，草不可识。有果作黄金色，牧牛人窃一将还，为鬼所夺。又一日，复往取此果。至穴，鬼复欲夺，其人急吞之，身遂暴长，头才出，身塞于穴，数日化为石矣。

——《酉阳杂俎》

在郴州苏耽曾经有一座仙坛，这座仙坛并不是为日常祭拜而设立的，平日飞扬的尘土和飘零的落叶将仙坛盖住，其破败的样子令人难以想象这里是和神明沟通的地方。这座仙坛有个神奇之处，不同心境的人看到的仙坛有所不同，当然这也是听一位樵夫说的。

樵夫一生乐善好施，虽然家境贫寒却从不会因贫穷而拒绝帮助他人。樵夫虽然心地善良，却也逃不出生老病死的自然规律。他的身体每况愈下，直到误入仙境看到了那座仙坛。他对着仙坛诚心祈求，希望自己可以活得更久一点。突然一阵大风刮过，仙坛一改平日的破旧，变得焕然一新。仙坛上出现了五颗仙桃，其坚硬程度如同石块一样，这时樵夫隐约听到远处有声音告诉他要将果核研磨后冲水喝。樵夫想着这桃子必定是仙人所赠，便将几颗仙桃带回了家。近观仙桃，其与枝干相连接，粗壮的紫色枝干上附着纤细的桃叶，枝干被飘逸的“藤条”缠绕，“藤条”随风飘动，仙气四溢。

樵夫回家后将仙桃劈开，发现仙桃内有三层果核，就按照自己听到的声音将果核研磨，用水冲服后，他发现自己的身体瞬间轻松了许多，不再有之前生病时疼痛难忍的感受。好心的樵夫将山中所发生的事情告诉了其他村民，奇怪的是，当村民们找到仙坛时，仙坛已经恢复了以往的样子。一些不甘心的村民独自前往仙坛，期待着仙物能再次出现。可悲的是，不管他们怎么祈祷，都没有再发生过出现仙桃的情况。久而久之，仙坛上出现过仙桃的传说也就慢慢被世人淡忘了。

仙桃

仙桃，出郴州苏耽仙坛。有人至心祈之，辄落坛上，或至五六颗。形似石块，赤黄色，破之，如有核三重。研饮之，愈众疾，尤治邪气。

——《酉阳杂俎》

不周山因为共工变得令人耳熟能详。不周山在仙山昆仑的西北方，相传是天界与人间相连的地方。它之所以被称为不周山，是因为山上有缺损的地方，古时人们习惯把不完整称为不周全，所以此山便被称为“不周”。当年共工与颛顼两人争夺帝位时，共工怒触不周山，支撑天地的柱子被折断，因此天向西北方向倒塌，而地面则向东南倾斜，这也是日月星辰会转移，而河水会向东南方流淌的原因。

不周山上生长着一种珍贵的果树，名叫嘉果。嘉果的果实与桃子相似，但是个头儿远小于桃子。

嘉果的果实生长在枝干的顶端。它的叶子像枣树的叶子，所开的花朵微小，花萼为红色，花瓣为黄色。如果有幸吃下这种果实，就会忘记忧伤，也就不会再为琐事而烦恼，这种果实对于治疗抑郁也十分有效。但是不周山上常年飘雪，寒冷的天气让普通人根本无法到达这里，所以见过嘉果的人寥若晨星。因为嘉果的神奇效果，经常会有人尝试寻找不周山的位置，试图带回嘉果，但几乎都无功而返。

嘉果

又西北三百七十里，曰不周之山……爰有嘉果，其实如桃，其叶如枣，黄华而赤柎，食之不劳。

——《山海经·西山经》

在寒冷的冰谷中，生长着一种名为龙肝瓜的植物。它们因为在谷中饱经风霜，表面覆着一层霜雪。即便从冰谷中被带回，其表皮上的霜雪依旧不会融化。龙肝瓜普遍都是单一生长，瓜藤从地下延伸出来，每根瓜藤上只结一果。所以在偌大的冰谷中，要想寻觅到龙肝瓜的踪影，也是十分艰难的。

龙肝瓜的发现者是一位名叫瑕丘仲的仙人。他生活在宁地，在当地依靠卖药为生，百年里一直容颜不老，所以当地人都认为他是个寿星。他来到冰谷采药，偶然间看到了龙肝瓜，便摘下带回。

龙肝瓜虽然生长在冰谷中，但是依旧可以开出耀眼的红色花朵，点缀在绿色的叶片之间。冰蓝色的龙肝瓜在阳光的照射下会反射出夺目的光芒，与其他瓜类不同。龙肝瓜虽然生长在漫天飞雪的冰谷中，却丝毫不影响它的口感。不仅瓜瓤香甜可口，就连瓜皮表面的甜霜，都与蜂蜜的口感类似。

龙肝瓜的神奇之处在于可以令吃瓜之人常年没有口渴之感，即便是炎炎夏日，也不会感到口干舌燥。龙肝瓜被发现后，村民们尝试将其栽种在山谷中，这种人工培育的瓜，没有冰谷中的甘甜，但是味道依旧耐人寻味。

汉武帝去往泰山封禅时，将龙肝瓜分给了同行的大臣们，大臣们觉得味道甜美无比，回去后开始在各地广泛培养栽种。

龙肝瓜

有龙肝瓜，长一尺，花红叶素，生于冰谷。所谓冰谷素叶之瓜。仙人瑕丘仲采药，得此瓜，食之，千岁不渴。瓜上恒如霜雪，刮尝，如蜜滓。及帝封泰山，从者皆赐冰谷素叶之瓜。

——《汉武帝别国洞冥记》